孔洞裡的

聲音

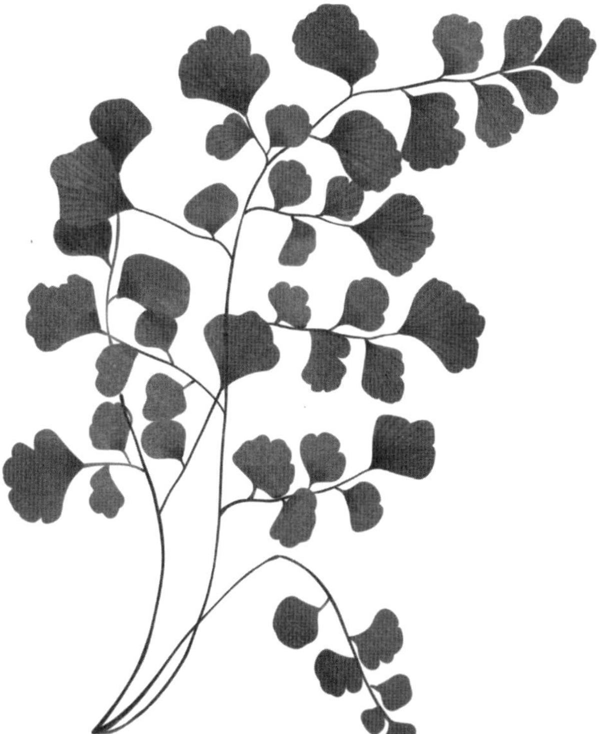

——————— 劉庭妤

Melody of
The Recorder

獻給

木笛這項古老且美麗的樂器

以及

受過傷卻仍綻放的人們

目次

推薦序

穿越千年的笛聲

夏夏（作家）

「啊，終於有人寫了。」得知劉庭妤以木笛為主題創作一系列的小說，並集結成《孔洞裡的聲音》一書，內心不禁激動叫好。這個在臺灣由於普及程度之高，以至於人們再熟悉不過，甚至因為過於熟悉而經常遭忽略的樂器，終於被賦予其該有的重視。

用木笛稱之，可能讓人陌生，若用直笛來指稱，相信大家都會想起曾經在課堂上，被音樂老師鼓勵兼威脅，吹出一個個或者顫抖、或者破碎、或者渾圓與清亮的笛音。在面對課本上讓人一知半解的樂譜時，笛身上看來平凡無奇的孔洞卻比預料之中難以控制，甚至班上總有人惡意吹出刺耳的爆音企圖干擾課程進行，吸引同學們目光。種種回憶收藏在每個人心中的哪一個角落，又伴隨著何種滋味？

自一九九三年起，教育部公布國中小學音樂課除歌唱外，授課內容另增加直笛，以達到一人一技之目的。國小自三年級開始教授高音直笛，其細長且相對較短的笛身，正巧適合這個年紀的孩子開始接觸，並分為英式與德式兩類直笛。國中音樂課則是笛身更長，笛孔距離更寬，音質渾厚的中音直笛。

是的，直笛在臺灣學生的學習生涯中佔據長達七年的時間。

從學習按孔姿勢、運舌、指法，漸漸到聲部合奏，直笛也以各種嬉鬧方式存在在校園中，例如頑皮的同學把直笛當作武器互相攻擊，以及為了趕下一節音樂課急著跑去向認識的同學借笛子等，人們自有其回憶的方式。

直笛在臺教育登場至今逾三十年，臺灣各級學校設有直笛團者眾，每年到了十一月且有各縣市舉辦的音樂比賽，讓學校能以校隊方式進行訓練並參賽，這也讓直笛教育在臺灣逐年深耕，益發精進。

雖然直笛是如此普遍，但真的懂得其中奧祕的人卻是少之又少，包括我在內。曾經修習直笛課程兩年，沒日沒夜在琴房裡練著老師指定的曲目，還記得年邁且稍有些瘸腿的老師在講臺上得意地談起，直笛是人類歷史中數一數二悠久的樂器，已有千年歷史，而且這項樂器從發明的起初到如今改變並不大。沒錯，正因為笛身本身的構造是如此簡單明瞭，發展歷程中變化不大，所以人人都能上手，但若真要把其吹奏得好，便完全仰賴演奏者的技巧。

這或者跟說故事是一樣的道理吧。

書中收錄的九篇故事，劉庭妤無愧於長年在紙上與舞臺上寫作／演奏身分，將她手中兩把利刃精巧地合而為一，形同老練的雙刀流，寫成紙上一篇篇精采的作品。此外，這些作品在她對樂曲的精確掌握與描寫之下，各個都「自帶音效」。

劉庭妤以音樂為引子，點出演奏音樂的人們的故事。畢竟舞臺上的光彩是再短暫不過的，而舞臺下的生活既現實也扎人。如何在人生每個階段中釐清紊亂，如何在走過之後優雅回望過往，如何擁抱當下的苦痛與喜樂，這些都是音樂與文學教給我們的。於是在書中她引用人們所熟知的曲目，如霍爾斯特著名的《行星組曲》與《軍樂組曲》、舒伯特的弦樂四重奏作品《死與少女》，以及展現精湛演奏技巧的〈大黃蜂進行曲〉、〈惡魔之舞〉。又如太魯閣古調〈Swayay〉、臺灣民謠〈快樂的出帆〉以及婉轉動人的〈傜族舞曲〉等。劉庭妤的故事中有故事，故事外亦有故事，如同泛音在同一個篇章中共振，讓人一次次駐足在文字與聲音勾織而成的柔軟中。此外她更是深具自信的演奏者／作者，在她的心中早已明瞭複雜的和聲與旋律中主要的聲音線在何處，所以她能夠大膽且自在地遊走、漂蕩其間，任故事引發忽遠忽近的擺盪，正呼應了書中所提到的 tartini tones。

tartini tones 是一七一四年由威尼斯音樂家 Tartini 所發現的現象，意思是指當兩個不同的音皆達到音準時，聲音所引發的頻率差會自然形成第三音，反之則代表兩音之間有誤差或是不協調。然而這個古老的判斷方式後來越來越少被人提起，是由於與鋼琴的十二平均律衝突。也就是說這個自然引發的第三音現象只適用於更原始的樂器，例如木笛或弦樂器。而劉庭妤的創作方式彷彿承襲了古老的傳統，讓故事只是故事，她專注地講述，不刻意賣弄，反而盡可能將自我退到其後，謙卑地作為忠誠的侍者，悄悄地安頓每個段落的進程，讓讀者／聽眾能盡情的享受。

或許就是因為這份專注，她自然而然將樂譜也成為篇章的一部分，理所當然將它們視為敘述的必然線索，同時也發揮她多年的詮釋功力，用音樂分析人生，用人生回應音樂，使得這些樂譜的出現更加合理且必要地存在。

且儘管每個篇章各異，但總是會回到關於演奏者的視角，這也是少有人能夠接觸與處理的題材。劉庭妤長年於台北木笛合奏團演出，近距離與演奏者們相處，也寫出這些人在面對演奏時的困境與心境的轉換，例如因老化與疾病而無力再持續，道出了演奏家其實是另一類型的運動員，長年不停地跟身體的靈活度和控制力奮鬥。也描寫到器樂與演奏者間的情感，一把樂器可能就是一輩子的陪伴，比任何戰友都要來得貼近自己，甚至因長年演奏而在樂器上留下痕跡。當演奏生涯告終，與樂器的告別，甚至是將其託付他人得以延續器樂的生命，當中的情感都被劉庭妤的文字飽滿地記錄下來。

《孔洞裡的聲音》可稱是職人小說，關於木笛演奏的種種細節穿梭在文字間成為這本書特殊的肌理，然而除此之外，劉庭妤並無負於不論是音樂或文學最終的主體都是人。因為有人，才有音樂與文學。她筆下的人物都剛強卻細膩，音樂好似她們的藏身處，但是躲在音樂的世界裡最重要的卻是誠實，劉庭妤便在這期間創造出專屬於她的敘述方式，既複雜又誠實，甚至有其俏皮與幽默，亦透露出文字背後那顆對創作樂於嘗試的心。

最後必須提到的是篇章尾聲附帶的樂曲解說與連結，每個連結都會連到台北木笛合奏團所演奏的完整曲目，讓文字更加立體，也賦予人們另一種聆聽／閱讀的途徑。

我想起最愛吹的一首曲子，是日本童謠〈紅蜻蜓〉，旋律雖簡單卻帶著哀傷氣息，總是讓我想要一遍遍吹著。多半時候我吹奏直笛都是獨奏，幾乎從未與人合奏過。讀完《孔洞裡的聲音》後，不禁開始嚮往。就如同人生之路，獨行悠哉也最快抵達，但與人同行可碰撞出意想不到的火花。

但凡每個人都有適合自己訴說的事物，這是天命。宇宙像是安排好的，給予每個人不同的位置，讓人們從各自角度來闡述，如同樂團中的每個聲部。我們也唯有敞開心胸聆聽眾人之聲，才能一窺世界全貌。劉庭妤找到了她的位置，準確地傳達，誠懇地訴說，即便周遭一片轟然，也無法讓人忽略她穿透一切嗡鳴的明亮響音。

推薦序

一葉滑過濁浪中的輕舟

鍾宗憲（國立臺灣師範大學國文學系教授）

再次閱讀庭妤的創作，已經時隔四年。每次庭妤出版新書，總有機會可以提前閱讀。記得去年在中央研究院的一家餐廳裡，瞥見坐在鄰近不遠處的庭妤正與女伴討論著什麼。顯然庭妤也發現我了，臨走前匆匆趕來打招呼，說起完成新書後尋覓出版的種種。那一臉清秀中蘊含著文青氣質，永遠不缺乏笑靨。我彷彿又回到庭妤在國文系求學的時光。

文藝創作依賴的是非常一廂情願的熱情。除非始終蝸居在象牙塔，在現代社會的濁浪洪流中，有太多的柴米油鹽、人情世故會不斷的壓抑甚至澆熄原本燃燒於胸襟懷抱的烈火。其實，就算一直在校園生活著，也難以避免人世間該有的瘴癘之氣。然而，當初在我擔任系主任的那段時間，卻有幾位可人而好學的文藝愛好者，前仆後繼的再三推促著我回歸初心，喚醒日益沉睡、本不易再次悸動的天真。於是，暫停幾年的國文系文學創作學程重新招生，幾位同學也因此得以徜徉於文學的起伏暖流並樂在其中。

意外的是，這幾位同學畢業以後不僅熱情依舊，而且持續筆耕，一一在文壇綻放璀璨。庭妤就是如此。猶記得她多次央求能邀請成名作家開課、講座的表情，即使懇請的力道深猛，如山風海雨，卻是一貫的溫柔和體貼。這是庭妤的人格特質，既堅定又婉約。這樣的特質並沒有影響到她的目光如炬，往往會有獨到的洞見。關於這一點，從她在校內的得獎作品〈鳥園〉已可窺見，流暢清新的文字裡，透露出試圖照亮黑暗的冷靜；在她畢業後首次集結出版的創作集《後少女時代》，則有了更為鮮明的發揮。那是一本清純如其本質的散文合輯，充滿著個人志趣與生活點滴呼應的愉悅。

庭妤多才多藝，直到我接觸到這本《孔洞裡的聲音》的新書初稿，才知道她與「木笛」的多年情緣，而且是個典型的玩家。但是這還不是最讓我感到驚喜的地方，書中真正足以震撼人心的是遊走於文從字順、體悟通透的深邃心靈，以及一種緊扣社會脈動，冀望正本清源的人間關懷。如同本書中〈孤獨星球〉一文提到羅馬神話的信使神，庭妤彷彿也是「身後長一對翅膀，頭戴頭盔，手拿手帳，靈巧且速度飛快」的形象，如一葉輕舟般穿梭於排空的濁浪中，帶來天帝對於人間的注視，透露出諭示的訊息。

貫串整冊書的題材很特殊。曾經，我是小學節奏樂隊的一員，負責的是敲擊樂器，是一般小學樂隊罕見的定音鼓。其實我不熟悉樂理，當時看著一大冊滿滿的五線譜，著實感到頭疼，端賴老師一個節拍、一個節拍的指導。老師的專長是小提琴，有著敏銳的音感。擊鼓前，老師會通過鋼琴的音響來調整定音鼓的鼓面，以維持必需的音準。那是專業的表現，即使後來我試著想描寫這一直浮在腦中的影像，卻每每感到力有不逮。估計是素養不夠，無法訴諸筆尖。而庭妤能夠，跳躍的音符自始至終都抑揚頓挫的流展於本書收錄的九篇文章中。

可以將某種專業知識或技能融入文學的表達，是一種成熟：是專業的成熟，也是文學表達的成熟。在我有限的閱讀經驗裡，少數的運動文學、舞蹈文學、飲食文學，甚至土木工程文學陸續出現過為人稱道的佳作。以「木笛」的熱愛者、參與者、演奏者的身分來從事，庭妤或許是第一人吧。圍繞著「木笛」主題的大家庭，宛若一個小型社會——那該是社會的縮影——箇中人物的多樣背景、情緒變化，在愛與不愛之間，在核心與外圍之間，在直率與隱晦之間，都因著文字和音符的展示而歷歷在目。

隨著本書各個樂章的流展，讓我聯想到古代的季札子觀周樂。音樂不只是用耳朵聆聽，而是「觀」，是用心的「觀照」。無論庭妤是否是文章中的代詞「她」、「你」、「我」，面對著哲學系的高材生謝楷宏、有點像新垣結衣的布農族怪妹阿平、聯絡簿裡小日記中的田昆山、李雯茜、林老師，或者擁有兩把超高音木笛的謝芳芳、跨越時空的對話者老姊、在家變漩渦裡的陳惠敏，乃至於遠在日本的那個人、陷入自己孤獨星球的林淑芳、為人妻為人母的Antje，庭妤將木笛社、學校、部落等社會的角落，如作曲者般一一寫入樂譜，娓娓的演奏出來。

木笛的演奏可以是單獨的，團體中也有首席，然而大合奏的聲量和音質卻教人動容。我勉強算是一個音樂愛好者，書中提到的許多樂曲本是我接觸過的，經過庭妤的混成，就變為一頁一頁的新曲。說是新曲，又似曾相識，作為一個讀者該回饋的，不單是接受美學所謂的「陌生化」，更多是千言萬語似的目光相接和心靈的共鳴。

這本書嘗試運用了不少文藝技巧，庭妤告訴我：「書寫這本書時，鎔鑄我參與木笛合奏團二十年的經驗，也為了找尋寫作素材，走訪四個田野、完成七次深度訪談。」從事國語文教學多年的我，一直為著文學的價值、時代意義申訴，一直認為創作始終不是單純的信手捻來，更不是搖頭晃腦的無病呻吟。文學史中的樂府詩最重要的精神是「感於哀樂，緣事而發」，這本書所呼應的正是白居易所稱的「文章合為時而著，歌詩合為事而作」。

庭妤的創作一向有強烈的敘事性，那怕是具有抒情的況味，其情感背後的本事也呼之欲出。或許不宜用散文或小說這樣的框架來限制一位充滿活力的創作者作品，因為除了應付考試，這一點都不重要。

閱讀之後，我看到的是庭妤駕著一葉輕舟，正迅速的滑過。

手指

♪

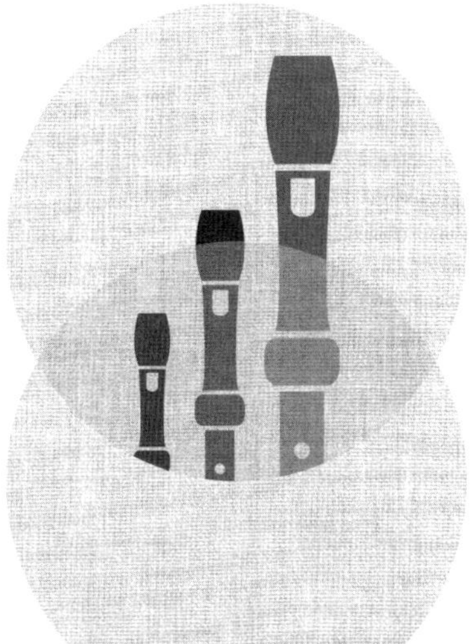

手指鈍了。

久未練習樂器，更正確一點的說法是，她從未認真練習過樂器，她發現自己的手指鈍了。

那是一雙演奏家的手，皮膚光滑白皙、被細心呵護保養，少經勞動與磨損，表面沒有任何一點傷口，每根指頭靈活又有力，像精力充沛的稚嫩孩童，但現在，手指比從前遲鈍許多。

她再仔細看了看指頭，從上指骨、中節指骨到末端指骨，瞧見指背柔軟的細毛、細密而繁複的肌膚紋路，年代久遠龜裂的泛黃牛皮紙般，織成複雜的網格狀，隨著手指關節反覆曲張。接著，視線停留在指甲邊緣，看見粉紅色半月型的指甲安分地嵌於肉裡，狀如一枚小巧玲瓏的貝類，她下意識地摳了摳——那是多年來不經意養成的小習慣，每當感到焦慮、不安，她便會低頭摳摳自己的指甲。指甲邊緣呈不規則鋸齒狀，從小養成咬指甲的習慣，長大之後，指甲漂亮不起來，只能坦然接受。

外表看起來並無任何異狀，但是當指頭運作起來，的確鈍了不少。

她從未想過歲月會以如此具體的形式捎來訊息。

年輕時，仗恃著自己的才華、靈敏的指頭與身體，她極少練習樂器，但因才分高，上臺演出不是問題——她從來擅長此道，一位音樂性特別傑出的演奏者可以任性，還有餘裕幾近踐踏自己的天分。直到近幾年間，她發現情況有所不同了，手指鈍了，尤其無名指退化最快，無名指是演奏者最珍貴的手指頭，任一名從孩童時代便有意識訓練手指的演奏者，無名指總比常人來的有力且敏捷，能在半音、全音的按孔切換間運作自如。但此時，她轉了轉手，發現手掌與指頭的連接處肌肉好僵硬，每每抬起無名指，便牽絆到皮膚下的筋膜，青色血管連帶隨之起伏，看來緊繃又吃力。

耳朵好像也鈍了。

耳朵是演奏者的靈魂，當聲波從耳廓反射進入耳道，經過中耳加壓，再進入內耳，轉化成神經衝動，傳遞至第八對腦神經，聲音發生了。音樂是更複雜的聲音訊息，介於噪音及純音間，演奏者能從音準、節奏、音色解讀複雜的訊息，從樂譜到樂器，從個人獨奏到合奏，再從平時的練習空間到團練室、錄音室、音樂廳。聲音千變萬化，隨著不同場域與音響效果，隨著不同作曲者及演奏者。音樂開始又消失。雋永又短暫。

但耳朵鈍了。

甚至連一些較高頻的泛音都聽不見了。過往吹奏時，她能藉由靈敏的耳朵調控送氣，適時加入泛音，改變木笛的音色，但現在卻聽不太見——這更加深了她的恐懼，害怕失去一雙擁有絕對音感、曾令她深深自豪的耳朵。那份恐懼嶄新、陌生，令她有些手足無措，像拆開禮物盒，難以確知裡頭究竟是一份天上掉下來的大禮，或者僅只是充滿惡意、調侃的惡作劇。靈敏的五官給予她天賦，但卻同時承受它所帶來的惡果——比如對於聲音過於敏銳，往往令她心情煩躁且鬱悶，身體的耐受值比常人來得低，因而總被視為神經過敏。

也許，恐懼來自未知，對未來事情可能的變化無可預料，超出掌握，恐懼究竟從何而來？她所面臨的困境是敵或是友？恐懼令她恐懼。

也或許，恐懼的部分來源來自自知，她知道自己再也不是舞臺上最優秀的演奏者了，淪為那些從舞臺退位的演出人員之一。她想起謝楷宏，哲學系的高材生，過往曾是直笛社社長，聽說畢業後在教科書出版社工作，不知道現在是不是轉作保險業務員，上次在餐廳吃飯時，還在餐廳遇到楷宏，他正向客戶介紹新型的長照險方案。楷宏憔悴許多，圓潤的臉蛋生出皺紋，似乎還長出了些白髮，她沒有出聲喊楷宏，彷彿只要喚了他的名，舞臺夢就會破碎似。楷宏曾是最天才的獨奏者，在表演舞臺上吹奏三段變奏版本的大黃蜂，自此後成為圈內傳奇——再也沒有人的演奏能比這位十一歲的男孩還要更好。

她側眼斜看，觀察楷宏拿著保險傳單，仔細盯著客戶，眼神誠懇又專注，積極對話並在白紙上寫下計算公式，與多年前青澀的少年面貌大異其趣。她想起過去的楷宏，舞臺上的他眼神目無他人，彷彿看不見坐在臺下的評審，任何人都難以形容楷宏的眼神，瞳孔隱藏星系，不具名的神祇現身於內，好似不在意外界眼光，而眼前有更巨大的獸，等待他撫慰。

這兩個楷宏是同一人嗎？

她的演奏從未超越楷宏，沒有人再能超越楷宏。

但在餐桌前的這時刻，她突然意識到，歲月讓一切都不同了。

她打開黑檀木木盒，拿出一把Alto，嘗試吹了一列半音階，指頭遲鈍。

嘆了口氣，放下手中樂器，嘗試甩了甩右手無名指，不動就是不動，擺盪的幅度比過去小，她又嘆了口氣，開始專注做起手部運動。放鬆手腕關節，伸出指頭，技巧性地上下晃動，從食指、中指、小指，再繞回無名指，同樣的動作重複三次，筋似乎放鬆了許多，無名指像剛睡醒的頑皮小孩，到這刻才明白自己必須工作——她竟開始練習起手部運動。過去，總覺得是初學者、或者長輩，才會在吹奏前活動關節，像游泳下水前的熱身，一二三、二二三、三二三，將所有關節、肌肉舒展開來，直到活動完手部關節後，才開始憋氣下沉，讓音樂長泳、音符濺起水花，圓滑線像排闥展開的水道，隨著起伏的水面上下搖擺。她始終傲慢地認為熱身並不必要，對於才華洋溢的選手而言，熱身是兒戲，從來沒有人搞那套，信手捻來便是流暢的大小調音階——但現在她也開始練起手部運動，令人不可置信。

無名指仍不太靈活，她稍稍為關節施壓。

接著將左右手無名指向後扳，感覺手指根部筋膜拉扯。

指頭在空中畫圈，一圈、二圈、三圈，像拿著小小指揮棒。

無名指又痠又麻，像無風的水面，平靜而哀傷。

她放下樂器，蓋上樂譜，決定起身去喝杯水。神色有些不安，走動的時候，她焦慮地活動手指，手指張牙舞爪於空中震盪，像彈奏隱形的鍵盤，背脊如鋼琴內部的琴槌，不安分地捶打。她內心有些生氣，對自己緊繃且蒼白的雙手生氣，指頭乾枯、貧弱，失去年輕時應有的紅潤與活力，細嫩的表皮包裹著關節骨頭，鮮明勾勒出骨骼形狀，她從未如此不信任自己的雙手、從未覺得雙手不堪使用——她甚至甚少使用，為了呵護演奏家的手，不提重物、不常勞動，常擦乳液與護手霜，只為了那雙好似珍貴且不可侵犯的雙手。

但此刻，歲月讓手指鈍了，老化無可逆。

熱水壺的滾水隆隆作響，拔掉插頭，在瓷白馬克杯裡裝進滾水，空蕩的杯子發出注水聲，細微但清晰，她心裡閃過一個念頭，這是什麼音？生活周遭充滿聲音，任何一個聲音都能在鋼琴鍵盤上找到與其相符合的音高，現在耳裡所聽聞的是什麼音？熱水持續注入，聲音隨著水杯越來越滿而消失，聲音消失了，她嘆口氣，她聽不清楚音高，決定放過自己，讓念頭流逝，將事物簡化再簡化。不過是倒杯水而已，不必如此大驚小怪，更無須自我懷疑，它不是什麼音，它只是熱水倒入水杯而已，平凡無奇的日常生活風景，無關音樂、無關聲音。

她端起馬克杯，環手抱胸，熱水沿著咽喉、食道，進入胃部。

胃部充滿暖洋洋的熱氣。窗外天空一片混沌，入秋時節，微冷。

雙腳踩在冰冷地面，好冷，應該穿雙拖鞋。

她又回想起楷宏那張圓潤的臉，不知道現在他還碰不碰樂器？

二十年前的音樂舞臺上，楷宏一臉稚氣走上舞臺，吹奏〈大黃蜂的飛行〉變奏曲。

紅布幔垂落舞臺，選手們坐在舞臺旁的塑膠椅上，冷氣極冷，有人摩擦著雙手活動手指，現場已膠著好一陣子，開始瀰漫一股睡意。輪到楷宏上臺，他穿著黑絨布皮鞋、格狀褲子，信心滿滿走上舞臺中央，站穩後開始演奏。變奏曲從耳熟能詳的〈小蜜蜂〉主題開始，聽來有些滑稽。嗡嗡嗡，嗡嗡嗡，大家一起來做工，來匆匆，去匆匆，別學懶惰蟲。吹完後，他又再次反覆了同樣的主題。嗡嗡嗡，嗡嗡嗡，大家一起來做工，來匆匆，去匆匆，別學懶惰蟲。臺下評審忍不住笑出聲，參賽者是來亂的嗎？還是對於比賽制度的嘲諷？在這嚴肅的決賽舞臺，竟有人吹奏〈小蜜蜂〉，還吹得煞有介事、有模有樣，前一位參賽者才結束吹奏韋瓦第的**RV 443**——那可是比賽時的熱門曲目，技巧高超，困難十足，突然出現一首〈小蜜蜂〉，突兀地令人發笑。楷宏不理會，幾乎無視於人們的恥笑，只專注演奏音樂，直到吹奏了一小段後，旋律線條越趨複雜，鋼琴伴奏更加忙碌，直到評審們真正意會過來之時，旋律已轉為激烈的密集音群，俄國林姆斯基的名曲〈大黃蜂的飛行〉。

半音階上行、下行音群快速，吹奏者手指快速挪移，聲響彷彿黃蜂振翅，隆隆充斥會場，楷宏的氣息飽滿、流暢，音與音之間幾乎不見任何停頓之處，技巧精湛令人瞠目，大黃蜂好似出現於人們身邊，又挑釁好鬥。那氣勢並非一隻勇闖禁地的大黃蜂，而是成群結隊有備而來的黃蜂群，空氣中震動的聲音分子如利刃扎著人們耳膜，每一顆音符都是不懷好意的探問。楷宏神情淡定、雙頰氣息鼓脹，大口吸氣、大口換氣，一副氣定神閒樣貌，他是玩笑的發起人，全場的控制者，蜂群隨著他的笛音而飛舞，像是花衣魔笛手，一不小心就讓人步入黑暗的山洞。

臺下一片沉默，方才發出笑聲的人們也沉默了，沉默來自專注，楷宏的瞳孔中目無他人，但此刻所有人的目光都在他身上。他的樂音彷彿一雙無形的巨大手掌，操弄於空中、調度聽者靈魂，像一把鉤子，把人的魂魄全吸出來，人們屏息看著眼前這十一歲的男孩，他的無懼來自孩童的稚嫩，他的從容與大度來自上天賜予的才華和天分，每個音符緊湊、扣動人心，〈大黃蜂的飛行〉難度高，稍微指法不對、氣息不足，便要出錯、整首樂曲便崩毀——但這些都沒有發生，楷宏彷彿踩在空中一條細微的鋼索上，身形俐落、姿態從容，旋律流暢如流水，嘩啦啦傾瀉而出，不絕於耳，每個音符緊湊扣動人心。

音樂結束，人們回過神來。

此刻，他們才真正理解剛剛發生了什麼事。

這一切已無關比賽了，無關競爭、無關鹿死誰手。

楷宏是真正在乎音樂的表演者，他的演奏是演奏、是音樂。

熱水壺再次滾了起來，發亮的紅燈跳起，過不久後恢復平靜。

她解開了緊緊環繞的雙臂，放下水杯，從思緒中徹底清醒過來。時間短短存在於熱水燒滾的三分鐘，從平靜到燒滾，再從燒滾趨於平靜，但真實的時空當中，時間已流轉二十年，二十年足以讓優秀的演奏者開始感覺身體的變化，手指遲鈍、耳朵遲鈍，她終於也成為時間裡頭的人了，時間十分具體展現於人類肉體的變化，若隱若現，時而張狂、時而平淡，也或者，一切不過是場幻覺而已，時間擅於操弄人心，改變人們的思維，她好似確知自己究竟站在哪一個位置之上，但又不那麼確定——不過這似乎也不那麼重要，她決定等會再回到房間，繼續練那些未完的大小調音階。

怪妹阿平

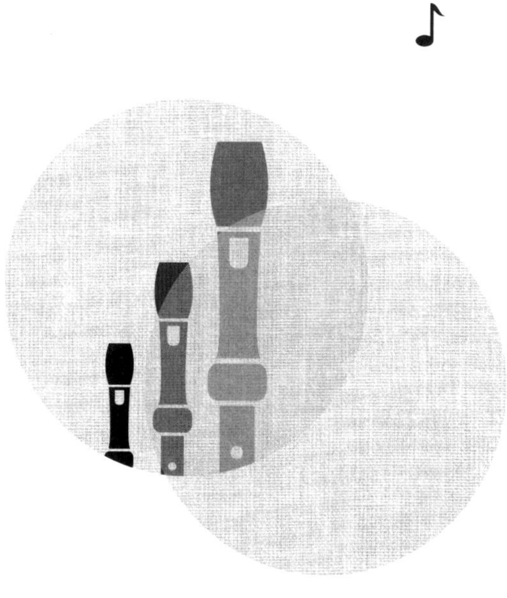

直笛令我印象最深刻的，就是合奏時聲音交疊所產生的低頻共鳴，很大聲的那種共鳴。

那種共鳴聲又被稱作 Tartini tones，當我第一次聽到它，聲音便深深烙印在腦海，每當我想起直笛，就會想起這個第三音，它如同撒旦般惱人，卻又使人飛蛾撲火不斷想追尋，全身會起雞皮疙瘩——只要有演奏過直笛重奏或者合奏的人們，必定知道我在說什麼。

第三音具有某種魔力，像是羅蘭．巴特在論述影像時所提到的「刺點」，它使聽者深深被擊中，「產生一種十分親切的感覺」，但又同時「沒有道德或優雅情趣的意思」，它的吸引力比世上任何看來有趣的事要更有趣的多，使我不斷追求那聲音，追求那種全身起雞皮疙瘩的感動。

因為這個奇怪的理由，我在大學的時候創立了直笛社，明明校園熱門社團繁如星點，但我沒有參加任何社團，反而創辦一個有些奇怪、冷門，沒什麼社員參加的直笛社。

創辦社團的過程並不容易，我必須先找到協助社團運作的幹部群，於是我決定大肆向人們宣傳直笛的美好，讓身邊的人對我產生「直笛狂熱者」的印象，自然而然便能吸引到志同道合的夥伴。

社團迎新第一天，與幾位剛加入的幹部討論過後，我們決定辦一場音樂沙龍。我是個沒什麼脾氣的社長，幹部拱我上臺吹凡艾克〈飲酒歌〉，我秉持著讓新生們聽了會對自己的吹奏更加有信心的敢死隊心情，乖乖上臺表演。臺下稀稀落落坐著幾個新生，沒有太多聽眾，我並不怯場，自在又有些無奈地演奏，當我演奏完畢時回過神來那刻，第一眼看見的就是阿平。

阿平身材嬌小、長直髮、戴著眼鏡，看起來就是那種老師會喜歡的乖乖牌。她的長相有一點像瘦版的渡邊直美，並不是個醜女，甚至某些角度有點像新垣結衣，但是令人遺憾的事情是她的穿著品味壞了一切，不搭嘎的色系和粗糙的髮式，正好凸顯了她的所有缺點，使她呈現出某種扞格不入之感。她胸口前別著新社員的名牌，整齊寫著：「阿平（Aping）」，我倒是對這個名字有點興趣，把她牢牢記在腦海，並且想著要找時機問問她「Aping」的由來。

表演完後，輪到新生開始自我介紹，阿平第一個站起來介紹自己，她面無表情張開口說話，這時我才注意到阿平的五官深邃，輪廓鮮明，她的皮膚色澤較深，但卻被妝容蓋住。

她說了一個故事，故事令我至今難忘，就像 Tartini tones 般帶有某種震撼力。

阿平是布農族，家裡住在東埔一鄰，從小是爺爺和奶奶帶大的，她從高中開始遠離家鄉北上讀書，住在都市生活時常常會懷念部落。她只有在小學的時候參加過直笛隊，因為當時她的班導懷疑她有自閉症的傾向，所以建議她加入直笛隊，大多時候她都吹高音笛。

阿平的爺爺過往曾經收藏一把單管鼻笛，但是約莫在二十年前，她的母親把笛子燒毀了。熊熊火焰中，阿平爺爺那把曾蒙神祝福的七孔竹笛發出如蛇信般的「滋——滋——滋」聲響，接著由原先的青綠色、逐漸轉黑，黑暗如黑死病吞噬笛身，直到斑點越來越大，覆蓋竹笛表面，呈現黑炭般的色澤，那笛子的本質才被燒烙出來，幻化為一隻巨大百步蛇，在熊熊烈火中彈跳兩下身子，大聲哀號希望阿平母親手下留情。

阿平母親一臉蒼白，不管竹子如何言語、冷靜地任火焰持續在鐵製水桶裡燃燒，那隻由竹笛轉生的蛇，於是更加痛苦地扭曲、顫抖，用力抖動身體，直到最後終於筋疲力盡，在大火裡一命嗚呼。

笛子被燒毀的時候，阿平還是幾個月大的嬰兒，正在臥榻裡睡得香甜，她裹著一捆碎花布巾，身旁睡著奶奶、爺爺，沒有人知道阿平母親獨身在後院燒笛子。當隔天清晨，屋裡的人睡醒後，母親早就不見蹤影，徒留一地炭化的黑色粉末及乾癟的竹身。

阿平說完故事之後，全場一陣安靜。

大家的氣氛降到冰點，所有人異常沉重起來，不知道該回應些什麼，只剩阿平獨自呆呆站著，不曉得自己做錯什麼。

這是直笛社創辦以來最嚴重的一場社交災難。

「……謝謝阿平，真是震撼人心的分享。」我於是開口幫忙打圓場。

「是啊，是啊。」幾個社員協助幫腔。

「讓人印象深刻，就像是小說家。」

「……有時間能再聽更多的分享，我們現在換下一位吧。」

「沒錯沒錯。」

我想，這應該也是社長的工作之一吧，幫助受困的人們解圍，使樂團的氣氛更加圓融，盡可能地給予大家更多的愛與支持，讓群體更加和睦。阿平坐下之後，臺下的人們稀稀落落地鼓掌，接著輪到下一位新社員分享入團，這才讓我鬆了一口氣。

雖然聽了故事之後內心非常震驚，但我仍保持鎮定，試圖不將情緒展露於臉上。

社團迎新結束後，有幾位幹部抱怨起阿平，認為她不懂得看場合說話，把大家弄得很尷尬，我卻沒有再多說些什麼。

但是在我心裡面，我卻認為故事是阿平的刺點，是阿平的第三音，雖然某部分她的故事也令我半信半疑，但這並沒有造成隔閡，反而燃起想多加了解她的好奇心。此外，我也認為參加直笛社的許多成員多半很怪，像是某種魯蛇俱樂部（雖然我極力避免這樣的氛圍出現，但是不知道為什麼卻時常有這種感覺），可能和直笛這項樂器的邊緣感有關，既不像管弦樂團氣場強大，也不像國樂團情感充沛，直笛有點平凡，但卻平凡地很對我的胃口。

✿

怪妹阿平。

自從直笛社迎新完之後，我就在心裡頭這麼稱呼阿平。

雖然我自己也沒有什麼立場這麼說她，畢竟讀哲學系的人往往被視為更怪的怪咖，但我卻仍想這麼叫她，阿平的怪很微妙，她默默地散發出許多邊緣人特質，但卻希望被大家所注視的渴望，她長得並不醜，甚至某個層面而言是個滿漂亮的女生，但只要她開口說話，或者人們觀察到她彆扭的行為、臉部表情，就會發現她的怪異。

那種怪異的感覺同時也呈現在她的衣著上，明明就是長相不差的女生，但不知道為什麼卻不擅於穿搭，總是突兀地配色、身著幼稚的T-shirt，我曾經看她在頭髮上別過針織髮夾，一顆奇形怪狀的草莓，看起來就是在夜市買的便宜貨，非常突兀，但她卻並不覺得有任何不妥，反而非常熱衷地與其他女性團員討論新買的髮飾。

在我心裡面，阿平就像是《醜女大翻身》電影裡尚未翻身的醜女、《辣妹過招》裡尚未在校園同儕社群掙出一片天的琳賽．蘿涵，以及《初戀那件小事》裡、始終不相信自己被校園風雲人物所愛的小嵐。她明明有漂亮的本錢，會成為男生忍不住多看一眼的那種正妹，但卻令人費解地長成別種樣子——最不理想的那種樣子。

也許你能單純將阿平化約成不擅於言語，不擅於與人交際，不擅於融入這個高度資本主義化的城市，性格裡仍呈現了某種成長背景的粗糙質地，她自己也曾經在社群上坦承國小的時候班導師曾說她可能有自閉症（那是臉書上一篇好久以前的貼文，只有十個人按讚），但是對我而言，她的「怪」背後卻藏著更龐大的什麼。

老實說，現在想起來我真的不太記得到阿平家玩的主要原因是什麼，也許是和社團期末音樂會要演的那首原住民古調合奏曲有關係，幹部們懷抱著只要去過部落、或許能更貼近樂曲詮釋的心情到阿平家考察。或者是大家單純在討論直笛社集訓要去哪裡，起鬨去阿平家（還是阿平主動提議？），順便去爬山——總之事情就是如此，我還記得坐在阿平叔叔開的得利卡上，從那扇破舊且留有水漬的車窗吹進的風，颼颼將我瀏海吹起，空氣中有山林溼漉漉的氣味，我閉起眼睛，享受這陣冷冽的觸感，接著回神時，發現視線裡出現阿平叔叔，看著她叔叔黝黑的後頸，擠出厚厚一層皮。

那是我第一次進去部落，坦白說，我對於原住民部落的知識非常有限，認知停留在國高中課本所讀的十六族，除此之外一片空白，因此有點緊張。

阿平坐在我旁邊，看起來一副很chill的樣子，搖著她的腦袋。

「Ken，那是什麼？」她指著背包裡的書問我。

「你說這個嗎，這是約翰・柏格的《觀看的方式》。」

「好看嗎？」

「很好看喔，約翰・柏格認為觀看先於語言，觀看使人們確認自己在社會位置中的關係，他也將觀看理論使用分析在傳統繪畫之中，帶入性別的成分，說明女性如何將男性凝視投射入自己的身體凝視當中……」

「哲學系讀的書真的好難喔。」

「還好啦，這只是我課後讀的東西而已。」

「我都聽不懂，楷宏真的太怪了。」

我和阿平的對話就在顛簸的車程中乾淨地結束了。

就算是現在想起這簡短的對話，都會令我忍不住笑出來。

被怪妹阿平認為是怪咖，真是充滿突兀的荒謬感，有一種作賊人喊捉賊的違和感，也同時讓我意識到自己的傲慢（但請容我保留這種傲慢，某方面，當時的我實在不希望其他人把我和阿平劃分在同一個小圈圈），以及自己的「觀看」與阿平之間的「觀看」

如此雷同。

也許我和她之間沒什麼分別，互相看對方不順眼、互相認為對方是怪人，就像兩隻隔著馬路咆哮的狗，天性不和，但我卻認為自己已經盡可能禮貌地展現社長的包容與氣度，與怪妹阿平打交道。我彷彿也聽到她的語氣透露了某種抗拒，彷彿拒絕我對她的某種男性凝視，如同狠狠在臉上甩一個巴掌。

我的視線再度轉回至阿平叔叔的脖子，他戴著黑色鴨舌帽，身上穿著繡有布農族圖騰的白色背心，熱情地和副座的副社長聊天，聊天過程中不斷冒出各種冷笑話、地獄哏，我感覺得出來副社長禮貌性地乾笑，一隻蚊子在他頭頂飛。

我好像在阿平的臉書上有看過她叔叔的頭貼，叔叔長相和她有些神似，過度熱心的性格也相當雷同，叔叔經常幫阿平的臉書貼文按讚，就算是令人不忍卒睹的內心劇場文章也一樣，我認為他應該是個熱心且關心孩子的好親戚。

車程約一個小時後，我們抵達部落，下車後阿平接著帶我們去教會放行李，再折返回她們家，部落比我想像的更樸素一些，有點像我外婆家，原先我以為自己會帶著某種人類學式的眼光看待這個陌生的場域，結果並沒有，每戶鐵皮屋外空地前種的植物，都和我外婆種的大同小異。

接著我就看見了阿平爺爺。

其實，我早就在阿平多年前的臉書照片裡看過她爺爺，照片採光不是很好，有點手震糊掉了，貼文標題寫著：「最帥的獵人。」後面加了好幾個愛心，總共有六十七個人按讚，貼文底下沒有留言。

我對爺爺的好奇心遠遠勝過阿平。

這是我第一次看見獵人，他的模樣令人難忘——歷經風霜的皺紋、被紫外線曬到斑駁的皮膚，銳利而深謀遠慮的瞳孔，我似乎都能揣想得到他過往拿著獵槍，觀察動物腳印、糞便，並且在夜晚中隨著動物眼睛的反光狩獵的樣子。

阿平爺爺躺在家門前的竹編椅上，靜靜地看著我們，點頭回應我們的招呼，臉上完全沒有笑容，眼球充血，五官和阿平一樣深邃，有種令人難以親近的距離感。

雖然坐著，但卻看得出來阿平爺爺魁梧身材，肩膀非常厚實，他的頭髮已經全白了，理著平頭，穿著白色polo衫，然而，這些都不是他最引人注目的地方，最令人在意的是他的右半身，他．的．右．手．臂．是．斷．的。

我試圖轉移我的視線，不讓自己盯著別人的傷口瞧，但眼角餘光卻忍不住留意那截被風吹得緊緊貼住胸膛的袖口，傷口處皮膚顏色比上手臂要更深了些，皮已萎縮，如同機械手臂般呈現粗糙的圓球表面。

我再次想到了那把在大火中被焚燒殆盡的單管鼻笛。

阿平起身拾起搖椅前的啤酒罐，臉頰因惱怒而漲紅。

「別再喝啤酒了。」

爺爺沒有反應，眼神繼續眺望著遠方。

我原先以為祖孫互動會再更熱情一些，但並沒有，阿平罵了罵她爺爺之後，便逕自拎著幾只空的啤酒罐，帶領我們走到家外面的客座區，沒有和他多說些什麼。客座區擺著一張沙發，兩張木頭長椅，以及原木桌，一旁還有冰箱，冰箱上擺著三個動物骨骼，骨骼引發我的好奇。

「阿平的爺爺會打獵？」我指著冰箱上的骨頭問，試圖在我的提問中不透露出任何偷覷阿平臉書貼文的蛛絲馬跡，但卻又能同時解答心裡的疑惑。

「喔，對呀，那是猴子的頭。」

「哇，我第一次這麼真實地看到動物的骨頭。」

「你難道沒有在博物館裡面看過嗎？」

阿平突然直勾勾地看著我，我感受到她提問的語氣有些尖銳。

「也是啦……，對了，所以爺爺的手臂是打獵受的傷嗎？」

「那完全是另外一件事情。」

「是喔。」

本想繼續追問，但感受到這時刻裡我與阿平之間有一堵隱形的牆，它阻止我繼續問下去，我轉頭和隔壁的樂團團員說話，試圖打破這尷尬的一瞬間，阿平別過臉，彎下身子整理餐桌。

我臉色微微通紅，心裡有種自己說錯話的感覺，阿平似乎也在生我的氣，她迴避了我的所有聲音及視線，周遭明明就有其他團員打打鬧鬧的聲音，我的腦袋嗡嗡地響，停留在剛剛不舒服的對話裡。

也許是我自己想太多，但是真心覺得從那個時候起，我與阿平之間就有道馬里亞納海溝，無法被跨越，我想人有時就會遇到和自己性格不對盤的人，阿平就屬於那一種。

從那之後，我就幾乎沒有再和阿平說過什麼。

套句古老的俗語，就像兩條沒有交集的平行線，我和她維持著普通社長、普通社員之間的關係，並沒有更深入的連結，我曾經試圖努力深入了解怪妹阿平，但總覺得關係卡卡的，但奇怪的事情是，我卻始終在意阿平的存在，她如同一根拔不掉的刺，總是卡在喉頭。

我們待在部落一個禮拜，團練之外，阿平帶我們爬山、烤肉，偶爾阿平叔叔會來找我們插科打諢，把大家逗得哈哈大笑，我們也遇見阿平的奶奶，奶奶剛開始看起來很嚴肅、不苟言笑，直到後來可能看見我們與阿平間友善的相處，才逐漸卸下心防，甚至後來還爆料阿平小的時候被漢人班導師認為有自閉症，因為她總是交不到朋友，讓她很擔心。

阿平生氣地要她奶奶別再說話，但大家似乎都很想多聽一些。

獵人爺爺則維持一樣的姿態，鎮日坐在家門口。

每當我經過時，會朝他點點頭，但獵人終究沒有理我，瞳孔眺望著遠方，一副若有所思的模樣，我時常忍不住偷看他空空的右手臂，壓抑住內心想詢問他的衝動。

此外，我們沒有見到阿平的爸爸、媽媽。也沒有團員問起阿平，她也沒有特別說什麼。阿平的母親似乎在燒毀爺爺的笛子之後，就沒有再回過家中，而阿平的生父更是不知何許人也，連阿平都沒有見過他的樣子。

此外，待在部落的這幾天當中，我們意外參加了阿平遠房親戚的婚禮，那帶給我巨大的文化衝擊，也是我從小到大第一次感受到自己位於「漢人」——這個想像共同體之中。這感覺並非某種抽象概念，而是透過某些強烈且具體的符號植入人體感官，比如：豬肉、殺豬刀、保力達B、檳榔。

布農族的傳統婚禮上會殺豬，依照親戚人數分食豬肉，族人們在家門前地板鋪上藍白塑膠布，接著豬隻置於地，從木頭刀鞘拔出彎刀，再將帶皮的腥紅豬肉從骨頭上切割下來後，依照人數分成一堆堆。

所有人或坐或站，搬了幾張塑膠椅在旁圍觀，他們手中拿著塑膠杯，喝著酒互相乾杯道喜，塑膠布上放著一截短木頭砧板，刀口上沾著血跡。蒼蠅於空中環繞，停留在蓋著紅泥印的豬皮上，油脂疊著內臟，掀翻出暗紅色血肉，一張皺了的豬臉半睜著眼看著群眾。

我沒有和阿平的親戚們敬酒，只傻傻地站在一旁不知道該如何是好。

「社長來喝一杯。」

「啊……真不好意思，我不喝酒。」

阿平的親戚倒了一杯保力達B端給我，我委婉拒絕，對方皺了皺眉，便沒有再繼續與我說話，可能覺得我不給他面子。

「陽明醫學院畢業的喔。」

他的親戚改而調侃起切豬肉的年輕人，他們穿著寬大的黑色T-shirt，額頭汗涔涔，赤著腳踩在塑膠布上，正彎腰賣力地分食，希望趕在太陽出來前能將豬肉處理完畢。

我對阿平家鄉最後的印象便停留在攤在藍白塑膠布上的豬臉，那張皺皺的豬臉彷佛象徵死亡，兩隻朝天耳面向天空、閉上眼沉睡，蒼蠅在空中環繞，細細瑣瑣的足爪搓揉，吸吮著豬的皮膚，豬臉的下半身空空蕩蕩，軀體早已被分食為成堆的肉塊。

❁

直笛社到現在都還存在著。

雖然人數不多，而且充滿各式各樣愛好直笛的怪咖，但它散發著一種溫暖的氛圍，容納人們以各式型態生活。像我這種老屁股，出社會之後仍時不時回校園走走，看看社長、幹部們遇到什麼問題，自己又能提供什麼資源，它是盛裝青春的容器。

我時常懷念起那棟古老的社辦大樓、紅欄杆、舊窗櫺，社員們在裡頭瘋狂練習、討論週末該去哪裡聽音樂會，社團成發音樂會又該舉辦在哪裡，而且很不好意思的說，不知道為什麼，我常常想起怪妹阿平。

也許因為我們曾經如此深刻地參與阿平的人生，看見她成長的家鄉、熱心的叔叔、嚴肅的奶奶，還有斷臂的帥氣獵人，也看見她人生中所沒有的東西，比如父親，比如母親，比如她人生中從未見過的單管鼻笛，這些豐富的細節讓人忍不住喜歡上這種怪。

此外，我也還記得她吹奏木笛時搖頭晃腦的樣子，以及吹錯音的時候臉上露出不好意思的表情，我們那屆最後成發演出中，演奏了一首太魯閣古調改編的曲目〈Swayay〉，不是我在自誇，但我們真的吹得好極了。

所有聲部交疊產生的低頻共鳴、泛音交織成複雜的聲音波形，飽滿的和聲及旋律環繞於音樂廳內，生動地演繹獵人即將出征、告別萬物，充滿萬丈離情的不捨心境，曲目後半段木笛製造出來的擬風聲，讓我想起了在阿平家鄉看到的一切景象。

我還記得謝幕的時候，我偷看著阿平的側臉，內心百感交集，阿平仍然看起來像平常一樣，甚至比平時還要更正常一點，她的穿著終於不再奇怪，她和其他社員一樣，身著黑衣、黑褲，髮型似乎去美容院整理過，有點自然捲的長髮變得很直、柔順地垂落，呆瓜眼鏡也換成隱形眼鏡。

五官深邃且化著精緻的妝容，在臺上閃閃發光。

演出結束後，舞臺下掌聲熱烈，所有直笛社社員起身向觀眾敬禮，我的臉不好意思的紅了，我永遠記得那份熾熱，混雜著激動與狂喜，當中還有一絲絲的悲傷，來自於自己大學四年的青春就奉獻給最怪的直笛社，我最喜歡的直笛社，以及對於社員們那份既矛盾又複雜的情緒，還有驕傲，直笛社對我而言的高光時刻就停留在這裡了，望著臺下歡聲雷動群眾，心裡說不出的感謝，那真是舞臺上最令人動容的一幕。

畢業之後，很長一段時間我都沒有再回去過校園，沒有再回去看過直笛社，陷入了好長一陣子的焦慮，那似乎是哲學系學生畢業後會面臨的普遍情緒，雖然早在入學之前就已經被問過好幾題：「哲學系以後有飯吃嗎？」、「哲學有用嗎？」但實際面對時仍然會有種說不上來的挫折與黑暗。剛開始我在書店打零工，後來經人家介紹進入一間教科書出版社工作，成為食物鏈最底層最菜的新人。

我很久都沒有再拿起直笛（我後來甚至還買了一把木笛），樂器放在櫃子裡積灰塵，每次打開的時候就會看到，想起過往與夥伴們努力站上舞臺的青春歲月，但就在關上抽屜那短短的一瞬間，過往的記憶又被收回口袋，我似乎成為了不再特別的人，成為社會上微不足道的一顆小螺絲釘，日復一日工作、進食、睡眠，但倒是偶爾週末時會回去社團與學弟妹打打屁，看看有什麼需要協助的地方，關心招生的情況。

我很久沒遇到我們那屆的直笛團團員，所以當我再次遇到怪妹阿平的時候，我很難解釋心裡頭那份激動及熱切從何而來，它混合著某種失落又被縫合的心情，彷彿找到記憶的見證者。

那是某次下班後，我從出版社搭捷運返回租屋處，腦袋思緒仍舊停留在課本選的一篇爛文章（我實在對那篇文章過意不去），擁擠的車廂上，人與人簇擁著彼此，空氣中散發著一種酸酸的汗水味。

就在我從手機螢幕上抬起頭，耳裡聽著捷運門打開時的警示聲，準備查看到站跑馬燈的那一瞬間裡，我看見怪妹阿平。

我很確信她就是怪妹阿平，雖然只有那麼短短幾秒。

但我確定那女子的側臉和阿平在舞臺上的側臉一樣。

我緊盯著她瞧，觀察她的一舉一動，心臟撲通撲通地跳。

她甩了甩髮尾，我幾乎要看到她整張臉，此刻我更加確定她就是阿平。

阿平穿著韓系薄紗套裝、長裙，荷葉邊袖口露出兩條白皙的手臂，長髮塞耳後，耳朵垂落下閃閃發光的耳環，右手邊揹著黑色的側背包，看起來一副上班族小資女的標準樣貌。

捷運閉門警示聲響起，「逼——逼——」的聲響充斥整個空間，我看見那女人快步走出捷運門，她的側背包的提袋邊緣，別著一顆針織做的草莓鑰匙圈，隨著她的腳步晃蕩，不知道為什麼，我的腦海自動播放起了〈Swayay〉，那首過往直笛社在成果發表會上演奏過的曲子，並想起了過往夾在阿平頭上那顆極其難看的草莓髮夾。

阿平沒有看見我，車廂上人太多，她頭也不回從車廂離開——那短短一刻交會時的畫面直到此刻仍時常憶起——如果阿平發現，在車廂上重重人牆後、站著多年前校園第一屆直笛社創社社長，那麼不成材的社長，她會開口叫我嗎？如果我當時能離她更近的話，我是不是能大方開口喊她「阿平」？

捷運門關上後，我從窗戶看著她離去的背影，呆愣愣地站在原地。

那女人在劍潭站下了車——這導致我往後在上下班時，每當捷運停在劍潭站，我都會下意識忍不住轉頭查看，身邊是否有長得像阿平的女人，但遺憾的是，我再也沒有遇見過阿平。

阿平如同直笛社的青春回憶，突然閃現，但缺席的時刻居多。

好似有什麼東西離開了，但又有什麼正悄悄回來，我與阿平仍維持著某種陌生人的距離，但卻又意外地十分接近——她變漂亮了，變得不再奇怪，但奇怪的是，我的內心反而變得有些失落，反而覺得過往那些缺點成為優點，成為阿平的刺點，與直笛社這個怪咖聚集的社團頻率比較相符。

我再次想起了阿平爺爺的斷臂。

想起阿平爺爺充滿血絲的眼睛、黝黑的皮膚，還有冰箱上的動物骨骼，想起阿平缺席的母親、父親，想起那把有神靈寄宿在上頭的單管鼻笛、火焰中痛苦蜷曲身體的蛇，以及在阿平叔叔的得利卡上，從窗戶吹進的風，夾雜山林濃厚的氣味。

雖然和阿平之間總是沒有機緣更加熟識，但心裡頭卻對這份既緊密、又疏離的關係充滿好感，我想起也許這輩子，我都不會知道這些表象後真正發生的故事。我不過是個微小、被擋在牆外的旁觀者，時常不知所措，不知道該說些什麼才好，但卻又忍不住想多參與些，這些記憶將我脫離一個焦慮、低薪的哲學系畢業生的身分，脫離未來職涯發展模糊不清的文科男困境，從而看到世界的另個面貌，彷彿短暫騰空、懸浮於地面，想起自己翱翔的本能。

 # 木笛合奏樂曲音樂聆聽：Swayay

Swayay 爲太魯閣語「再見」的意思。曲式段落可分爲三大段，每一首古調的串連都敍述著音樂裡故事的發展。而 Swayay 這個詞則是貫穿整首曲目：出門打獵前向家人說的再見、妻子向獵人擔憂不捨的說再見、獵人最後被出草後對世界萬物說的再見，藉由不同視角切換音樂的風格。

聯絡簿上的學生日記

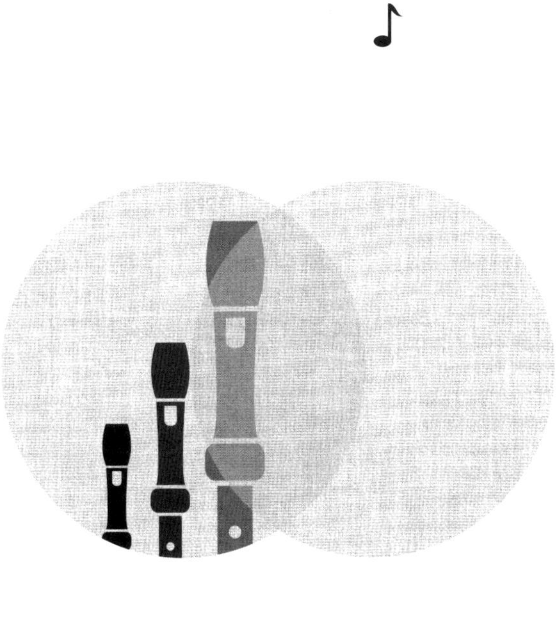

「號稱『教育界最大醜聞』的新北市中小學營養午餐弊案，當時因積志國小發生營養午餐餐桶長蛆事件，新北地檢署主動偵辦，查出有十家團膳廠商於年度投標前涉行賄校長，從每一名學生的餐費中抽取二至四元回扣，或每學期贈校長洋酒，甚至以茶葉、水果禮盒夾帶現金行賄……行政究責部分，懲戒法院第一審將五人判決撤職並停止任用兩年，五人提上訴遭駁回確定。」

二〇一一年九月十五日，天氣：晴

老師說，田昆山是校園裡最可靠的一座山。

老師沒有說，十年後校長田昆山因營養午餐收賄弊案被抓時，大家才知道，山也會垮，山並不可靠。

那時我幫田昆山掃校長室，校長室裡的燈總是沒開，因為他總是不在。田昆山的辦公桌旁有一座白色的小冰箱，每次李雯茜都會把掃帚和畚箕放在地上，坐在紅皮沙發的扶手上，玩弄冰箱門。冰箱幽幽地發出黃光，顏色像我在書局買的、某家品牌的螢光筆，一層一層標示出層架的位置，彷彿在課本上畫線，當光線遇到冰箱內的食物時，就悄悄地轉了彎，85度C蛋糕、黑師傅捲心酥、提拉米蘇蛋糕、佳德鳳梨酥、蘋果禮盒……田昆山把所有該冰的、不該冰的伴手禮全放進裡頭，食物背光，蒙上一層陰影，許多都放到過期，但他也不扔——應該也是沒時間扔。李雯茜偶爾會拆開一、兩盒冰箱中的伴手禮，不客氣地吃起來，食物碎屑掉落地板，細細碎碎，像螞蟻，我將它掃起，李雯茜完全沒注意，她繼續毫不客氣地吃光伴手禮。

直到後來，李雯茜被田昆山抓到了。

田昆山並沒有直接責罵李雯茜，他反而把班導林老師叫來校長室罵了一頓，罵她不好好管教學生——我在旁邊全程目睹一切，接著被田昆山指使拿垃圾袋將所有食物裝起來丟去垃圾場。

我照著田昆山的吩咐，手上拎著粉色垃圾袋，邊走去垃圾場，並想起餅乾盒上過期的數字日期，方方正正印在盒上，心裡覺得怪怪的。這時，在我沒注意到的時候，食物上的螞蟻沿著垃圾袋的塑膠壁面一路咬上手臂，從指尖、手腕，順著手部曲線攀爬，彷彿一條纖細的黑色藤蔓，纏繞我柔軟的上手臂內側。最後，螞蟻張開大口，沿著走過的足跡，在皮膚上烙印下一個個小紅點。我慌忙地放下垃圾袋，靠近走道旁的洗手臺，將手肘放在水龍頭下方沖洗，一些小螞蟻被沖走了，但一些螞蟻卻更死命地咬緊我的皮膚。

其中一隻螞蟻，身體已隨自來水流進孔洞，但蟻頭仍狠狠地嵌進皮膚。

關於螞蟻的事我並沒有直接告訴老師。

因為聽李雯茜說老師好像在哭，先不要吵她比較好。

她還說，老師從校長室出來後，連看都不看她一眼，摀著臉轉頭便走回辦公室。

更奇怪的事情是，林老師的裙子沒有穿好，薄長裙衫上落下一截，她原本想上前提醒老師，但因為老師走得很快，所以沒能跟上。

我和李雯茜都不知道該怎麼辦才好。

最後，李雯茜被林老師罰寫悔過書。

二〇一一年九月三十日，天氣：晴

女學生從屋頂上跳下來的時候，那群討厭的男生說我又在編造謊言了。

男生們說，我總是說一些完全脫離現實的謊言，女學生沒有從屋頂上跳下來，那是學校鬧鬼，女學生是個女鬼。

不管女學生是不是鬼，我總之是看見她了。

女鬼的手上還拿著一把直笛。

事情發生在某個午休，我正在寫聯絡簿上的小日記，拿著百樂黑筆，一筆一畫於聯絡簿上寫下連載小說，情節許多皆為虛構，改編校園當中發生的真實事件（取材自我的好朋友李雯茜，老實說，我也不知道李雯茜認不認為我和她是最好的朋友，但我倆已掃校長室掃了一個學期，再怎麼說也有些革命情感，我和她相處的時間最久，應該，還算交情不錯的朋友吧）。寫得煩悶之時，轉頭看向窗外，竟然看到一位女學生身子搖搖晃晃，穿著學校制服，右手拿著一把黑色塑膠中音直笛，像剛從音樂教室下課一樣，直挺挺地站在屋頂上。她身形削瘦，發育不全的胸部微微隆起，駝背、頸垂，看不清楚她的臉，只有一頭長髮在空中飄逸，遮蓋了她的面貌。接著，我看著她從頂樓一躍而下，如一隻黑燕子般輕盈，無聲無息。班上所有同學都睡著了，男生們也睡著了，我不敢吵醒大家，於是一個人匆匆忙忙地拉開椅子，跑到教室外頭，彷彿聽見一聲沉重的巨響，是女學生摔落地面後骨骼及肉身狠狠撞擊地面的聲音嗎？

當我好不容易趕到欄杆前，雙手緊握冰涼的金屬，那陣匆忙的反作用力讓我誤會自己也差點要從高處墜落，這才發現，校園裡並沒有女學生的屍體。

樓下的花圃什麼都沒有。

難不成是我真的撞鬼了嗎？

或者，這一切只是我自己的錯覺，根本沒有女學生的存在？

校園仍維持一如既往的平靜，方正的空間規格、平板無趣的雜草樹叢，甚至打掃外掃區的同學們還忘了收掃把和畚箕，遺留在女同學摔落之處。

或許真的如他們所說，女學生是校園裡的女鬼。

在那個時刻裡，我也開始懷疑我眼裡所見。

甚至忽然感覺，女鬼長得和李雯茜有點相似。

二〇一一年十月一日，天氣：陰

男生們在盛舀營養午餐的時候，老師沒有出現。

今日的午餐是咖哩飯和綠豆湯，食物分為六格，大家排隊盛舀。金黃色的咖哩上頭浮著軟爛的紅蘿蔔、馬鈴薯，上頭一層油水，同學們將咖哩盛至白飯上，接著再摻著其他菜色一起吃下肚，吃完後嘴裡圍繞著咖哩腥濃的氣味，油氣揮散不去。真要說起來，營養午餐的咖哩其實並沒有我和李雯茜放學後常去的那間店面好吃，但這已經是這整週以來最令人喜愛的菜色了，畢竟一餐才四十五塊，你還想要求多山珍海味的料理呢？

同學們都不是很喜歡營養午餐，男生們向老師抱怨時，老師說，營養午餐廠商製作午餐時，廚工都是拿著大杓子在大鍋子裡翻炒，大鍋煮的菜，食材不可能用得太好，別要求營養午餐和外面店面一樣好吃，我們是來學校學習的，並不是來學校享用美味大餐，如果真的不喜歡學校的營養午餐，請家長帶便當也不是問題。

老師這麼說完之後，男生也沒再多說些什麼。

只是每次營養午餐送進教室時，男生仍舊抱怨著。

話語像散落的餅乾屑，從男生們嘴裡細細碎碎地掉出來，灑落一地。

雖然如此，但偶爾意外出現稍好一些的菜色時，男生們卻還是吃得狼吞虎嚥。

此時，男生排隊，他們讓他們自己人插隊。

咖哩一匙又一匙被盛進碗裡，撈了一大匙，接著又一匙。吃完的人排回隊伍，接著又走到咖哩那格，撈一大匙入碗中。

我和李雯茜站在後面，和其他吃不到咖哩的人也站在後面乖乖排隊，遵循著教室該有的禮節和秩序。空碗拿在手裡，有人撥弄著空碗一旁的金屬釦環，發出「哐——哐——哐——」的細小聲響，瑣瑣碎碎，聽來有些惱人，不知道為什麼，那金屬聲響持續徘徊在我腦海，揮之不去，咖哩那格已經空了，我們的碗裡一點食物也沒有，老師沒有出現，沒有人說些什麼。

過不久後，綠豆湯也幾乎要被盛光。

男生說，先吃完飯的人才能喝湯，他們吃完飯了，於是可以喝湯。

他們說，他們都有遵守老師為大家訂的班級規定。

老師沒說，吃營養午餐時不可以插隊。

咖哩飯和綠豆湯已經見底。

李雯茜排在我前面，我知道李雯茜生氣了，我了解李雯茜，我已經和她一起打掃了整個學期的校長室，已經徹底掌握她的個性，她生氣到極點時，會氣到忍不住哭，且話語哽咽。她的脖子漲得通紅，抿嘴，怒氣滾攪在胸口，她的雙手拳頭緊握且顫抖。過沒多久，不出我所料，李雯茜真的哭了，她邊哭邊喊著：「你們會不會太過分，後面的人都沒得吃了，大家都繳一樣的午餐錢，憑什麼飯都讓你們盛走？」李雯茜說這些話的時候，混雜著複雜的情緒，我懂李雯茜，因為這樣的事件不只發生一次，只要營養午餐有稍微好一些的菜色，仙草蜜、綠豆湯、咖哩、炸熱狗……男生們就會使出一樣的伎倆，以便吃到多點食物，我和李雯茜總是吃不到東西，於是我們生氣。

對我來說，男生是一群面貌模糊的人。

他們體型高大，所以他們說，他們本來就需要多一點食物。

男生只護著他們自己人，講話大聲又粗魯，溝通是無效的，話語在他們的口中重新編寫出一套新的遊戲規則，符合他們最大利益的遊戲規則。無論話語，或者拳頭，隊伍後頭的人都比不上前排的人，他們如此可恨，但你卻拿他們無可奈何。

男生們總是使用話術，合理化自己不合理的行為。

而你總是對此毫無辦法。

有次，他們裡頭的其中一個男生說，他奶奶前陣子腦中風，每次下課後，無法和他們一起去補習班，他得趕回家幫媽媽煮飯、做菜、洗衣服，不然沒有人料理家事，媽媽無法照顧奶奶，爸爸要工作也無法照顧奶奶，他必定得做些什麼。因為奶奶腦中風，家裡沒有保險，已經花了一大筆支出，他不能去補習，家裡經濟左支右絀，營養午餐的插隊事情他也覺得不太公平，但如果可以的話，能多多體諒他，讓他多打包一點菜色，用不著擔心晚飯。

他是班上的二號同學。

二號同學平常不太說話，成績也不算太差，在老師面前總是一副乖乖牌的模樣，但當男生群聚在一起欺負別人，二號就會顯露完全不同的樣子，那副高傲且目中無人的姿態卻更令人痛恨，好像是在說：「看啊，我可比你還更高人一等。」

但只要稍有點意識的人就會知道，二號本質裡根本只是一個孬種，他只享受向權力靠攏的快感，只希望自己能融入較強勢的小圈圈，永遠站在高牆那一方，因此他不斷幫霸凌者說話，自圓其說。

我和李雯茜見過二號的奶奶一次。

當我們在常去的咖哩店吃飯時，看見他扶著他奶奶經過店面，奶奶看起來人不壞，背駝，眼歪嘴斜，走起路來一跛一跛，二號於是陪奶奶慢慢走，那時的他看起來並不壞，而且，我突然理解，他說的話是真的。

頃刻，我也突然搞不清楚，他們究竟是好人還是壞人，究竟我該聽從我對那人奶奶的同理心，多多體諒受苦的他人，成為一個不自私的人；或者，在意我自己空蕩蕩的午餐盒，在乎自己沒吃到午餐的權益，這整件事最奇怪的地方是，我竟然認為二號說的話有點道理。事情怎麼做都不對，事情無論怎麼做也都正確，善與惡之間的界線模糊不清——而我甚至不知道一個國中女生該不該思考這麼複雜的問題。當我被捲入這千思萬緒裡頭時，爸媽及老師們都說，你別想太多，同學們也說，你的心思過於細膩，根本沒什麼人在意這種事，反正，只要有食物吃就該知足了，想想那些非洲小孩。

有時，李雯茜也連帶地被我的情緒影響，我們為此傷透腦筋。

我終究也不明白，為何我們要為二號男生的奶奶哭得如此傷心。

李雯茜哭的時候，我站在她旁邊，不敢發出任何聲音。

老師一直沒有出現。

二〇一一年十月十一日，天氣：陰

自從看到女鬼之後，晚上我便不斷做惡夢。

夢裡，我和女鬼在音樂課下課之後，拿著高音直笛、中音直笛練習二重奏，明明是夢境，但我很清楚地記得當時的感受。剛開始，我以為女鬼是李雯茜，因為有時候我會和李雯茜一起練習直笛，她很喜歡吹直笛，甚至某一次打掃時間，她還帶著中音直笛到校長室練習。

我看著音樂課本上的五線譜，練習臺灣民謠〈快樂的出帆〉，女鬼小聲地哼著歌詞：「今日是快樂的／出帆期／無限的海洋也／歡喜出帆的日子／綠色的地平線／青色的海水／卡膜脈／卡膜脈／卡膜脈嘛飛來／一路順風念歌詩／水螺聲響亮送阮／快樂的出帆啦。」她的歌聲又細又柔，且輕巧對在我的旋律點上，溫暖嗓音哼著「卡膜脈／卡膜脈」，聽來有一種說不出的韻味。

我心裡非常開心，覺得和李雯茜之間更親近不少，我喜歡和她一起練習直笛的感覺。當她唱完歌，我又再次重複了旋律，她便拿起中音直笛，和我吹起重奏。我演奏著〈快樂的出帆〉主旋律，邊揣摩作詞者的意境，突然覺得快樂的旋律裡出現一絲悲傷，我無法想像如果自己和李雯茜分開的話，會發生什麼事，幸福總是預知未來的不幸，想起來真令人感到沉重。

當我越想越難過，放下直笛，愣眼朝著一旁的李雯茜看時。

這才發現她根本不是李雯茜。

雖然有著和李雯茜相似的長髮、身材，甚至連吹直笛的姿態都一模一樣，但我旁邊坐的女學生根本不是李雯茜，嚴格上來說，她根·本·不·是·人。

女鬼沒有清楚的五官，她的臉光滑如一張紙，有著粗麻布般質感。

女鬼臉上裂開的縫隙成為一張嘴，含著笛頭，正吃力吹著直笛。

正當我震驚到久久無法言語時，女鬼那張粗糙且空無一物的臉朝我望過來。

我背脊一身冷汗，由夢境中驚醒。

後來，媽媽決定帶我去廟裡收驚。

乩童對著神龕誦經，搖著叮噹作響的法器，我和媽媽跪在門檻外，膝蓋痠麻，度過了整個下午。誦完經之後，乩童手裡拿著媽媽方才端來的盤子，上頭有顆生雞蛋、一塊生豬肉、一張粉色的符咒，以及紙人及紙門。乩童搖著法器，對我唸唸有詞，接著請我隔空對著紙人及紙門呵氣，我根本聽不懂乩童嘴裡說的話語，鼻腔充斥著線香的氣味，媽媽在一旁陪著我，令我覺得異常平靜。收完驚之後，一切應該就會沒事了吧，廟宇的氛圍令我安心，線香的氣味也令我安心，正氣十足的廟能幫助我驅趕一切不順心之事，也能避免我再看到那隻校園裡的女鬼。

女鬼。對，後來，我又看到女鬼了。

不只在夢中，我仍舊在校園裡看到女鬼。

同樣是某次的午休時間，同學們剛吃完營養午餐，正悄悄地在午休。我又在同樣的地方，同樣的地點，看到同一個披頭散髮的女學生走到了對面大樓的頂樓，從同樣的位置跌落下去。

一模一樣的場景，如同反覆出現的惡夢。

女學生跳樓的景象已出現第二次，如雜音惱人的電視頻道，每到了固定時段，就會上演同樣的戲碼。瘦弱的女學生，身形在頂樓的風中飄蕩，右手拿著塑膠中音笛，接著像被人從後面推一把似地，從頂樓跌落而下，我再次目睹她，再次聽見女學生從高處墜樓的聲音，再次見證一名陌生同學的死亡和消殞。說起來，那跳樓的女學生像極李雯茜，無論是走路的模樣、身形、長髮，都讓我不斷想到李雯茜，我最好的朋友。

更奇怪的是，上次我聽到班上同學說過，就在女鬼墜樓的地點，找到一把破裂的中音直笛，直笛笛身因巨大撞擊而出現裂痕。

但這次，我已沒有任何反應。

我已在心中說服自己，這一切都是幻覺。

但該怎麼說呢？我總是無法克制自己的嘴巴和心思，於是後來，當我把這整件事情當成連載小說寫在聯絡簿上時，被老師看見了，老師看我心思紊亂，話語寫得語意不清，日記裡反覆出現這名跳樓的女同學，於是告訴了媽媽，請媽媽建議我去心理諮商。媽媽笑著允諾老師，但並沒有帶我去心理諮商，反而先帶我到廟裡收驚，媽媽說，不知道是被什麼歹物（pháinn-mih）纏上了，只要拜拜收驚，心裡平靜了，一切都會好轉。

媽媽接著又和我說，不要再和李雯茜來往了。

李雯茜那孩子怪裡怪氣的，聽街坊鄰居說，她們家裡也有點狀況，還是保持距離為上策。你們老師和我說，李雯茜在班上都被排擠，據說是情緒有點狀況的孩子，難怪同學都覺得她怪怪的、排擠她，你也別再和李雯茜來往了，不然到時也被人排擠。

「至於女鬼的事情，別想太多。」媽媽說。

我於是接著哭著回答，李雯茜沒有錯，錯的是男生，他們總是搶走大家的午餐，害全班的人都無飯可吃，明明繳了一樣的午餐錢，他們憑什麼將所有食物吃得精光，李雯茜只是好打抱不平，站出來替大家發聲，我無法理解李雯茜錯在哪裡。

媽媽說，你恬恬（tiām-tiām），這件事情輪不到你操心。

二〇一一年十月十五日，天氣：晴

掃校長室的時候，李雯茜發現校長桌後面的櫃子上，有好幾瓶高級的洋酒。李雯茜踩上了校長的旋轉椅，將這些洋酒一一從櫃子上拿下來。

我站在一旁看李雯茜，不曉得她哪生來的膽子，顫巍巍地從架上拿出一罐又一罐白蘭地和威士忌，晶亮的瓶子裡盛著液體，看來夢幻又易碎。李雯茜拿下酒瓶時的動作看來十分危險，椅子搖搖晃晃，差點沒摔下來，她雖瘦弱，但平衡感卻很好，能夠站在搖晃的椅子上而不墜落，雙腳站得筆直，不費吹灰之力就把酒瓶一一地拿下，擺在校長桌上。我著急地和她說，別再亂拿了，待會被校長抓到就完蛋了，但李雯茜竟然轉過頭來，對我微微一笑說：「沒關係啦，我等會就放回去。」我真拿她一點辦法都沒有。

我看著桌面上的洋酒，想起了美勞課時的素描作業，美勞課時，老師將酒瓶放在正中央，讓我們觀察酒瓶的亮面與陰影、觀察玻璃的質地和光澤，先大致掌握酒瓶的比例、粗略畫出構圖後，接著再一步一步勾繪造型輪廓，雕琢細節——這就是我對酒精的全部認識了，我和李雯茜都沒喝過酒，酒好像是成人世界的東西，我和她都感到陌生，只是李雯茜比我勇敢，她總能揭穿成人世界的祕密。

她接著和我說：「這些酒都不是什麼好東西，家長們都在傳，田昆山私底下收營養午餐公司廠商的回扣，很無恥，所以我們的營養午餐才會那麼難吃，我把田昆山冰箱裡的食物、櫃子上的洋酒拿走，也只是給田昆山一個教訓，田昆山就是欠教訓。」

「這種人，稍微教訓一下也沒關係。」

然而，李雯茜說這些話的時候，我們沒有留意到田昆山就站在校長室外。

校長室的燈沒開，田昆山走進來之後，將電燈「啪——」一聲地打開了。我不知道田昆山究竟有沒有聽到李雯茜說的話，但他看見桌上那些被李雯茜拿下來的洋酒了。

田昆山穿著白襯衫，半個肚腩從襯衫下凸起，他滿臉通紅，肥碩的下巴下方黏著細小的息肉，右半部的臉龐布滿痣，眉心糾結。田昆山鏗鏘有力地質問我們到底在做些什麼東西，他不知道是誰把我們教成這樣，他一定得和我們老師說，校長室也不好好打掃乾淨，淨知道隨便亂拿別人的東西，這叫做偷！這叫做偷！應該抓我們去學務處挨一頓打，再記兩支警告，這可是學校，不好好教育一下以後出去為非作歹，成何體統？

「這叫做偷！」田昆山一而再、再而三地這麼說。

李雯茜和我被罵得低下頭來，一句話都說不出口。

田昆山的嗓門又大又宏亮，和他在每次升旗之前與全校學生宣布演講時的聲音一樣，只是這次，他再也不是對全校同學說，而只對我和李雯茜說。責罵聲圍繞在校長室裡，回音更大，場面顯得更加令人恐懼，我心裡感到異常憤怒，不只是對校長的憤怒，更多的是對李雯茜的憤怒，雖然她是我朋友，但我早已警告過她，不能做出這麼過分的事情。校長雖然壞，但他說得沒有錯，這叫做偷，這次，李雯茜真的做得太過分了，連我也一起被罵，我是最認真打掃校長室的人，我不能理解為什麼我也必須遭受這樣的池魚之殃。

如果李雯茜乖一點，事情就不會搞得那麼複雜了，不管是打掃校長室，或者班級裡和同儕的相處；如果李雯茜乖一點，或許她能夠有比較多的朋友，也比較有人願意幫她說話、協助她。

田昆山罵了一陣子之後，要求我們離開校長室。

他的大拇指和中指搓揉著太陽穴，口水沫子濺上領口，看來壓力很大。

他說，他早對我們不抱希望，下次別再這麼做了，快回教室吧。

李雯茜哭了，她大力地踏著步伐，率先走出門，連掃帚都沒有收，她嘴裡邊低喃著，丟下我後一個人離開，我撿起她的掃地用具，連同我自己的，像拖著兩具動物的屍體，也接著邊哭邊走出校長室——我不懂，這種時刻，我還得幫李雯茜善後，她總是要別人幫她善後，無法對自己負起責任。田昆山大力地甩上門，先關上最外層的鐵門，接著再關上裡頭的木門，我走出去時，聽到他使勁轉動門把的聲音，接著扣上門鎖，緊緊地關住門，一副遭人侵門踏戶的模樣。

從那次之後，我再也沒進過校長室，再也沒掃過校長室。

走出校長室時，我擔心田昆山會把洋酒的事告訴老師，我擔心老師會再告訴媽媽。到時候我和李雯茜就完蛋了，但這次，田昆山並沒有這麼做。

老師從頭到尾都不知情。

老師從頭到尾都沒有出現。

二〇一一年十月二十七日，天氣：陰

男生們欺負李雯茜的時候，我什麼都不能做，只能在旁邊寫聯絡簿上的小日記。

男生說，你這個臭婊子，不是很愛吃嗎，營養午餐都給你吃。

男生又說，臭婊子，愛向老師告狀我們插隊，這次讓你排第一。

尤其是特別愛說髒話的五號，是男生小圈圈中最討人厭的成員，他嗓門大且好色，皮膚黝黑，動不動便訴諸暴力，亮起他的拳頭威脅別人。我曾看他好幾次趁著午休時，從女學生垂下的袖口偷看她們的內衣，甚至偷拍，再將偷拍的照片傳給其他人。

五號的成績很差，而且更諷刺的是，他爸爸還當警察。

這次他不知道是哪根神經不對，突然對於欺負李雯茜這件事燃起前所未有的興趣，他成為男生小圈圈裡發號施令的人，搶走李雯茜的便當盒，在便當盒裡舀進成山的飯菜。

老實說，我不太忍心在旁邊觀看一切，試著把注意力放回手邊的事情，但還是忍不住偷看，男生把過量的白飯、過量的青江菜、過量的宮保雞丁和過量的燉茄子裝進李雯茜的便當盒，食物的油水攪在一塊，又糊又爛，湯水從便當盒一旁流下來，沾到了他們手上，又順著他們的手掌滴下，流回營養午餐的餐盒裡。最後，男生把玉米濃湯澆淋在便當盒裡，玉米濃湯溢出餐盒，滴在地板上。我很想將地板擦乾淨，只要看到地板髒髒的就覺得不舒服，但教室裡，沒有一個人敢動作，沒有一個人敢得罪這群班上的惡霸，他們有拳頭、他們有他們的秩序，沒有人敢發出聲音。

五號說，這是特別送給李雯茜的特調。

「那婊子很愛吃，我們就讓她吃個夠，免得說我們不厚道。」九號說。

「大家繳一樣的午餐錢，還讓你吃特別多，享有特權的人是李雯茜，誰敢惹她呀，那個痟查某。」十二號說。

李雯茜哭了。

她趴在桌上，一旁放著令人作嘔的便當，她連看都不看，就只趴在桌上啜泣，抽動背脊，發出細小又連續不斷的哭泣聲。瘦弱的身形在過大的運動服外套下看來更顯瘦弱，整個人看來乾巴巴的。他們有些人在一旁拍手叫好，嘴裡說一些難聽的話，但也有一些人閉上嘴巴不說話，也許真的覺得這樣的行為太超過，已經變成校園霸凌，但什麼是校園霸凌呢？是霸凌，還是他們口中所謂的非法正義——這是誰也不知道的事，我們早已停止猜測他人的動機和理由，我們永遠不懂他人的沉默意味著什麼，是苟同還是反對，是恐懼還是幸災樂禍，沉默是一種最令人發瘋的表態，卻也是一種最不得已的結果。

我不曉得該如何幫助李雯茜，每次和李雯茜扯上關係，連自己也要受害。

隊伍後面的人，大家也不知道該怎麼辦。

只默默打了飯菜後，回到自己的座位上，也許是不想得罪霸凌者——誰知道呢？我只能在一旁看著，無法猜透他們的心思，有些人甚至不盛菜了，看到剛剛的光景，看到食物的油水，流過他們骯髒的雙手，又攪進午餐桶裡，究竟誰有勇氣吃下去呢？吃進那些午餐，彷彿吃進了無盡的邪惡，而那又形成一個令人疑惑的問題，那不是使用我們自己繳的午餐錢，而委託營養午餐公司煮出來的午餐嗎？為什麼沒有人敢吃，又為什麼要如此懼怕？

過不久，男生終於安靜下來。

李雯茜也從原先哭泣的模樣，逐漸平靜，她沒在哭了，但她也沒抬起頭，只溫順地趴在桌上，像一隻受傷的小兔子，安靜地待著。桌面上，午餐溢出來的湯汁流到了桌面，沾上了她細弱的長髮，又油又亮，真令人不敢恭維，也許裡面混著眼淚；後來，不知道是哪位善心人士，將她便當裡的午餐全倒進廚餘桶，也將她的桌面擦拭乾淨——我在心中輕鬆地嘆了一口氣，一切又恢復了乾淨的模樣，像是清掃乾淨的地板，日常恢復了它該有的秩序。

李雯茜總是這樣，把事情弄得一團混亂。

她討厭打掃校長室，討厭打掃，總是把工作丟給我做。

有時我覺得，她甚至連自己也忘記把自己打掃乾淨。

不過，霸凌者們似乎不覺得自己做錯什麼，甚至以為在實踐某種他們口中令人匪夷所思的正義，這件事情無聲無息，沒有人告訴老師，就像被刻意抹滅似，再無人提起，從這個班級空間裡消失。這真是令人恐懼的一件事，如此喧鬧的中午，如此令人憤怒和不平的叫囂，曾混亂又失控的食物和鏗鏗作響的鐵製便當盒，嗡嗡作響的天花板電扇，一切都收束在詭譎的沉默裡，無人洩漏一點風聲。被霸凌者、霸凌者、旁觀者和同學，我們彼此都搞不清楚自己是誰，有人哭、有人憤怒，有人心生悲憫有人事不關己。

我不知道自己屬於何者。

只能在小日記上書寫下這整件事。

連營養午餐都沒有吃，努力地記錄下我所看到的一切。

除了在聯絡簿上的小日記寫下來外，我也不知道該如何做了。

聯絡簿上的小日記，不就是讓學生抒發心情用的嗎？不是讓學生記錄校園生活而存在的嗎？我如實地將我的生活寫下來，希望看小日記的你能夠了解。面對身邊發生這樣的事情，我真的不知道該如何是好，如果我去反抗霸凌者，或許落得和李雯茜一樣的下場，但如果我默不作聲，那不也成為沉默共犯？我真的不知道該做些什麼了，只能將一切寫下來，想像聯絡簿闔上之後，值日生會一組一組收齊，將聯絡簿拿去辦公室給老師批閱，讓老師了解這整個故事之後，替我們主持公道。

不過，寫著寫著我又開始想。

如果這整起霸凌事件被揭穿了，會發生什麼事呢？

李雯茜會怎麼樣呢？男生們會怎麼樣呢？大人們會怎麼處理事情呢？我會不會也受到牽連？所以，我也必須鄭重地告訴我的讀者——在我聯絡簿上書寫的事件，必定有它過於加油添醋的地方，日記當然某種程度上等於真實，但當然也容許虛構的可能，也許就像男生們說的，我只不過是一個想引起別人關心，而不斷做出異常行為的怪人而已：「聯絡簿寫那麼多字，誰會認真看？」

正如同我前幾篇日記所說明的一樣，日記裡記載的事件，改編校園當中發生的真實事件，取材自我的好朋友李雯茜，我只是加入情節及多加渲染，將它寫成適合讀者閱讀的文章而已，沒什麼大不了的。

因為到目前為止，我已經寫過許多篇日記，但似乎都沒有什麼特別的事情發生，甚至也寫到田昆山的惡行惡狀，但好像也沒有太多人理會，因此我決定大膽繼續寫下去，反正日子一天天過去，許多事情只要經過歲月洗刷，就會逐漸被淡忘，沒什麼大不了的。尤其聯絡簿上，只出現一個鮮紅色的「閱」字，其餘什麼都沒有。

老師從頭到尾都沒有出現。

老師繼續日復一日地教課，在黑板上畫下歷史課本上的圖表，播放教科書廠商附贈的教學影片。

正在看聯絡簿的老師，你是不是該說點什麼？

※

二〇二一年九月十一日，天氣：陰

再次回看這些日記，憶起許多不願想起的過去，如同打開黑暗盒子，創傷記憶中的許多細節浮現——或許有人會問，被霸凌的又不是你，怎麼會有創傷呢？我想這是一個不太聰明的提問，事實上，縱使過了那麼多年，我仍舊時常想起國中時發生的這些事，我忘不了李雯茜、忘不了霸凌者、忘不了女鬼。

我決定再次提筆，將故事的後半段書寫下來，與其說是對讀者的交代，毋寧說對自己的責任，我希望將這整件事情記錄下來，那麼直到很久之後，當我再次讀到這些故事，也許又會有不同的感受也說不定。

營養午餐事件過後，李雯茜轉學了。

聽我媽說，她轉學到一間山上的偏鄉學校，日子過得單純又快樂，甚至還加入了直笛隊，那所學校的直笛隊後來在全國音樂比賽中拿到冠軍，她和同學們都很開心，交到許多好朋友。

我對她最後的印象停留在運動會。

那時班導被田昆山找去擔任運動會司儀，她穿著一襲粉紅色的洋裝、化著全妝，佯裝成很有朝氣的樣子，拿著麥克風站在化雨臺上向進場的學生隊伍大聲喊著：「歡迎我們全校可靠的一座山，田昆山校長致詞，祝福大家運動表現始終穩如泰山。」操場上，學生們制式地鼓掌，頭頂禿一半的田昆山上臺講話：「謝謝最年輕、最漂亮的林老師……」他講話還是那麼討人厭，我連看都不想看他。

我想，臺下的學生應該也沒有人真心在乎臺上長官們說些什麼，大家心思都放在大隊接力比賽，使得運動會進場的典禮流於形式，掌聲成為罐頭音響，輔助這齣戲劇繼續進行。

那時我們班還不知道，林老師在帶完我們這屆學生後不久，便留職停薪結婚生孩子去了，聽說她再也沒有回到學校教書，因為被貼上不適任教師的名號，在家長及老師們間風評不好，被家長會逼退辭職。

不只如此，聽說林老師生完孩子後容貌衰老，頭髮白一半，滿臉皺紋，簡直變成一個嚇人的女鬼，與她的實際年齡完全不符合。她每日推著嬰兒車，和其他家長聊天，到處詢問未來適合自己孩子就讀的學校，別人都覺得林老師很奇怪，嬰兒長大還要好多年呢！

當我聽到這個消息時的第一個反應，非常生氣，覺得如果她關心自己學生像關心自己的孩子一樣就好了，那麼至少能留得一只飯碗，不至於會得罪學生家長。

大隊接力比賽的時候，我們班展現難得的團結，可能是因為要抵禦外侮，不知不覺團結起來，彼此相互指揮及打氣。操場上，選手奮力張開腿往前邁進，汗水滴落在PU跑道上，我們班從第三棒開始領先，比其他班級整整快了四分之一圈，跑第三棒的同學正是李雯茜。

李雯茜雖然平時惹男生討厭，但是她卻是班上跑步跑得數一數二快的女生，輪到她跑步時，男生們彷彿忘記曾經和她有過的過節，忘情地替李雯茜加油。

李雯茜體輕、步伐飛快，一頭飄逸的長髮在空氣中甩盪，她壓低身子，像一隻輕巧滑行於空中的黑燕子，鑽過對手身軀，從內側超車。她的整張臉被高速風壓扯得不成人形，只為了眼前獲勝的目標而奔馳，班上所有人都站在她這邊，把忠班和孝班罵得狗血淋頭——那時我心中誕生出一種感覺，李雯茜實在太漂亮了，她總是走在大家之前，展現一種令人意想不到的姿態，讓人們對她又愛又恨。

李雯茜那時又再度成為我心目中的英雄，和打掃校長室時一模一樣，她總是跑第一個，不知道是有勇氣還是魯莽，揭開成人們試圖掩蓋的祕密，當時她明明不過十五歲，但是她的所作所為及思想，卻遠遠超乎一個國三少女應該有的成熟度。

最終，我們班獲得冠軍。

站在臺上擔任司儀的班導林老師，開心地點頭含笑、替班上同學鼓掌，彷彿忘記我們班曾有過霸凌事件，而她是一個無能掌控班級秩序的不適任教師。田昆山也在一旁附和：「恭喜義班脫穎而出，沾了最美司儀林老師的福氣。」大家都笑得很開心，所有學生熱血沸騰地鼓掌，對田昆山的話表達贊同。

不過，運動會結束後，我再也沒見過李雯茜。

運動會之後，她就轉學了。

消息來得毫無預警，她的位置變得空蕩蕩，我非常難過，但班上男同學們絲毫不在意，像是早就得知一樣，沒有人留意她的缺席，好像那個討人厭的瘦弱女同學不存在、好像那個在運動會上替義班逆轉勝的女英雄不存在，他們像呼吸空氣一樣自然地接受了李雯茜的缺席。

而我再也沒有見過這位好朋友，偶爾我媽會分享她從其他家長中聽到的消息，但都流於幾句簡單的交代，我無法真正地感知到李雯茜這個人的存在，就像被牙醫拔起的一顆牙，缺口透露口腔深處的黑暗，對我來說，她不是轉學，反而更像是**消失**。

這些年來，我始終無法忘懷過去發生的這些事，也是在反覆思索過後，才逐漸理出頭緒，了解當年我和李雯茜身上發生的事情。某方面而言，班導林老師可能也是受害者，李雯茜曾經和我說她哭著從校長室跑出來，我相信她或許也被田昆山所制衡，權力環環相扣，她也無能為力，我後來在新聞上看到田昆山營養午餐收賄的弊案的新聞：

「號稱『教育界最大醜聞』的新北市中小學營養午餐弊案，當時因積志國小發生營養午餐餐桶長蛆事件，新北地檢署主動偵辦，查出有十家團膳廠商於年度投標前涉行賄校長，從每一名學生的餐費中抽取二至四元回扣，或每學期贈校長洋酒，甚至以茶葉、水果禮盒夾帶現金行賄……行政究責部分，懲戒法院第一審將五人判決撤職並停止任用兩年，五人提上訴遭駁回確定。」

不知道為什麼，看到這個新聞時，內心大大鬆一口氣。

它彷彿應證了那些傷害的存在，並且讓我知道，原來會發生這些事並不是我的錯，我不需要因為自己的無能為力而過於自責。也是因為這則新聞的出現，我才會再度打開封塵已久的櫥櫃，找出這一本破舊的聯絡簿。

新聞證實了我與李雯茜所發現的祕密，我和她早就在十年前打掃校長室的時候，看過田昆山櫃子裡的那些酒瓶，那時候李雯茜早就告訴過我，家長們都在傳說田昆山私底下向廠商拿回扣，原來這些口耳相傳都是真的。

另一方面，我內心感到特別悲哀，當初我們班上發生的營養午餐事件，乍看只是一樁沒有被學校通報的校園霸凌（天知道社會裡有多少霸凌事件發生？），原來有這麼龐大的利益牽扯在其中，而學生們就像這整個食物鏈中的最底層，因為一餐四十五塊的便宜食物而爆發嚴重的爭執。

後來，我連續追蹤報導幾日，得知田昆山被趕出學校、入獄服刑，據說他是所有收賄校長當中判刑最重的一位，直到最後都不肯認罪，仍堅持自己的清白，說明自己是一位清廉且正直的好校長，一切都是被人誣陷。

追蹤報導的同時，我邊翻看自己的日記，翻回二〇一一年九月十五的那篇日記，發現早在營養午餐弊案發生之前，整件事情的蛛絲馬跡早就藏在一個被人所忽略的、國中女生身上——我的好朋友李雯茜。她是最早知道成人世界祕密的先驅者，而我只是緊跟著她的步伐，為她記錄下一切，寫在我的聯絡簿上而已。

誰知道呢？所有事情都可以找到源頭。

此外，我還意外地在聯絡簿的後面幾頁發現了一篇未完成的日記「二〇一一年十月三十日，天氣陰」：

有男同學說，校園裡根本不存在女鬼，那只是老師們說來嚇嚇學生的鬼故事而已。也有同學說，跳樓的根本不是女學生，而是女老師才對：

「什麼女鬼？太可怕了吧，校園傳說？」

「可恥的告密者!!」

「是在寫小說嗎？聯絡簿寫那麼多字，怎麼會有人用心看？」

「生病請去看醫生。」

「別想太多，老師已經建議你媽媽帶你去心理諮商囉，我們永遠陪在你身邊喔！」

「田昆山下臺!!王八蛋校長!!」

「還好嗎?」

「聯絡簿日記上杜撰出來的謊話,有一天都會被揭穿的啦。」

剛開始,我並不認同這些說法,認為只是外人想擾亂我的思想、動搖我的心智,而說出的口頭攻擊。她們並不曉得我和李雯茜之間的友誼,也並不理解我所看到的真相,直到後來媽媽和我說:「別再想著李雯茜了,別再想著那個情緒控管有問題的孩子了,李雯茜轉到新的學校,同學都待她很好,李雯茜過得很快樂。」

我最後決定相信母親的說法。

她是真正關心我的人,媽媽說的是對的。

這是我唯一值得相信的事情了。

我想,女鬼只是我幻想出來的角色而已,或許對讀者而言,女鬼也只是故事裡的一個意象,象徵一個被世界所遺棄的女學生。

日記是用藍色簽字筆寫成的，可能因為含水量過多，許多筆畫都暈開，事實上，我完全忘記自己有寫過這段文字，看起來像是聯絡簿的內容被公開後，我再次寫下的內容，但在我的記憶中，並沒有這個印象。倒是記得自己在念國中時，不斷被老師、同學，還有其他家長貼上「心理有問題」的標籤，那時我媽一直不相信我生病了，她帶我去廟裡收驚，提醒我好好念書，不要管外人怎麼說。

事實上，我不知道當時自己到底是生病了？還是大人們試圖抹滅真相，在我身上加諸的罪名，但這些眼光及歧視，的確對我造成不小的影響。多年來我不斷與這些聲音對抗，直到近幾年才稍微好一些。

當時我頻繁地撞鬼，瘦弱且身形輕如燕的女鬼，一而再、再而三地從學校頂樓往下跳，我多次在午休時刻目睹這樁悲劇，而當我欲前往檢視事情的真相時，卻又發現校園的花圃沒有任何人的身影，這更證實了她確實是鬼魂的猜測。

原本我懷疑自己是否具有靈媒體質，能夠看到常人所無法覷見的事件，但是說實話，我也只有在校園裡看見女鬼而已，到了其他地方不曾看過鬼魂。

我於是將女鬼歸類為心理壓力過大而出現的幻覺。

現在，我在偏鄉的山上小學當實習老師，帶領高年級的同學組成直笛隊，打算明年去參加音樂比賽。

其中有一位五年級的學生，她長得和李雯茜非常相似，同樣留著長髮，皮膚白皙、身材瘦弱，一年四季包裹在厚重的外套裡，也不嫌熱。

她甚至和李雯茜一樣都是吹中音部的學生。

每當我看到這位學生的時候，我就想到李雯茜。

我不曉得自己現在在偏鄉當老師，是不是和過往經驗有關，我曾經去找心理諮商師聊過這個話題，思考著自己是否常常陷在拯救者情節中，潛意識中抱持著想要拯救被害者的情節，不知不覺將自己的人生導往這個方向——不過，或許是自己想太多，事情單純就是這麼一回事，A事情是A，B事情是B，它們之間沒有任何關聯，我也不必有過多的揣測和猜想。

有時，每當我看到那位直笛隊的女同學，我會想像李雯茜吹直笛的模樣，她正演奏著臺灣民謠〈快樂的出帆〉，雖然很荒謬，明明就是在山上，為什麼要出帆？但所有人邊吹邊開心地搖擺，輕快的節奏環繞在山林間。

「親愛的朋友啊／情難離／爸爸啊媽媽啊／我會寫批寄乎你／暫時的分離／請你免掛意／卡膜脈／卡膜脈／卡膜脈嘛飛來／一路順風念歌詩／滿腹的興奮心情／快樂的出帆啦。」

李雯茜轉學後真的在山上的小學讀書嗎？

老實說，我並不確定。

卻只能這麼相信。

我想把這些故事和傷口留在聯絡簿裡，這些早已是陳年往事，聯絡簿的紙頁隨著時間流逝而泛黃，且因我將它放在衣櫃底層的抽屜，綠色封面變得潮溼而破爛。其實，要不是因為新聞上的這則報導，我是不會想起聯絡簿的，它沒有被老師收走，而被好好地收起來。

日記就像一本具有魔法的書，身分不明、埋藏祕密，容納真實與虛構，也呈現出了書寫本身的多種面向。不論是記錄、或者是創作，它承載著過去與現在揉雜的過程，而讀者甚至很難相信她出自一位國三少女的筆下。

坦白說，我自己也很難相信。

但傷口卻真實存在。

 # 木笛合奏樂曲音樂聆聽：快樂的出帆

這首充滿活力的知名臺灣民謠，其實原為日本演歌〈初めての出航〉(初次的出航)。後由陳坤嶽先生改為臺語歌詞，詞中描寫乘船出航的快樂心境。

惡魔之舞

Allegro 快板

謝芳芳擁有兩把超高音木笛，一把黃楊木，一把黑檀木。

木笛收妥在黑帆布袋，掀開內袋，露出半截笛頭。

黑檀木笛頭背後刻著「K．Ü．N．G」字樣，瑞士老品牌出產的機器笛。光線下，笛頭黑得發亮，細密的木頭紋路於光暈中隱約浮現，像穿了盔甲似，明明是木頭，卻漆黑有如金屬質感。

黑檀木笛身二十四公分，寬約二點五公分，口徑較大，音色雄厚。適合編制較龐大、和聲色彩豐富的樂曲。

深黑色的笛頭旁，露出一截赭黃色的笛頭，那是另一把黃楊木，和黑檀木的色澤形成強烈對比，它們幾乎像是兩把截然不同的樂器。

黃楊木超高音由國外製笛師 Anton 製作，耗時五年，木笛笛身優美柔長，分兩截，中間鑲嵌一金屬環，音色清亮溫潤，靠近金屬環的接口有一道特別深邃的木頭紋路，遠看像疤。

兩把超高音裹在棕色羊毛內，孿生姊妹似並排在一起，彼此作伴。

謝芳芳時常把木笛從帆布袋裡拿出端詳，並不吹奏，僅是觀看。

她想，樂器不出聲時只是物件，彷彿被收藏在博物館光亮的透明壓克力盒之下，如珍寶似被人供著欣賞，成為歷史，時間總是靜止封印。惟有演奏者拿起樂器演奏的那一刻，無形樂音才終於顯現，時間隨著空氣中震動的分子而展現生命，它穿透聆聽者的耳朵、穿透窗戶凝著露水的紗網、穿透窗前綠意蔓生的仙羽蔓綠絨，飛舞水流似環繞空間。

演奏樂器是意義充盈的瞬間，充滿詩意。

光是凝視與想像，便是一件美好之事，音樂聲響如貓掌踏於心。

指尖細細撫摸著樂器的時候，謝芳芳又想，世上只有兩人能聽出這兩把木笛音色間的細微差異。

一個是她自己，謝芳芳，另一個是樂團前首席李雯慧。

黑檀木超高音製作年代較早，李雯慧也擁有一把。

某次音樂會，在臺北市中山堂的舞臺上，樂團開場第一曲，演奏英國作曲家 Colin Touchin 所作的〈曼徹斯特歡迎曲〉。

彼時，李雯慧已退出樂團，謝芳芳成為首席，樂團換了新的副首席 Ken。尚未習慣指揮的指揮手法，以及樂團各個聲部樂手的吹奏習慣，副首席 Ken 在樂曲進行至中間段落時，搶快一個小節，連他自己也沒發現，只馬不停蹄地繼續演奏。

眼看聲部皆要潰散，整首樂曲也無重來的可能，轉眼便要成為極其糟糕的開場曲。

謝芳芳當機立斷，不顧 Ken 失誤，至超高音主旋律進來時將黑檀木吹奏得大聲又響亮。

黑檀木聲響劃破空中，利刃似割裂空氣，那是一種情非得已的主權宣示，不管無頭蒼蠅般慌亂將音符演奏的激進吹奏者，不管渾然不知悲劇噩耗降臨而沾沾自喜演奏的愚者，也不管僅是晾在那而不知該如何是好的手足無措者，謝芳芳聚精會神，將黑檀木如微型手槍上膛，對頂上開槍擊發。

「轟！」

煙花碎紙於空中凋謝落下一地碎片。

最後，是那把短小精悍的黑檀木救了〈曼徹斯特〉。

內聲部及低音部迅速跟上黑檀木，樂手們有些緊張盯著樂譜、有些趁著空檔向左鄰右舍使眼色，有些仔細聆聽謝芳芳樂音中暗藏的指令，找回了節奏及旋律。

樂曲再度縫合回指揮雙手，又成為一隊訓練有素的精裝部隊。

Ken 呆了片刻，立刻發現自己的疏忽，豆大汗珠從額間流下，筆直的襯衫領口坍塌，他聽從謝芳芳的旋律，重新找回節奏，待樂曲結束後穩定情緒，才放心接著演奏下一首。

貴賓席坐著一個女人，身著連身長裙，披針織短背心。

她戴著深色口罩，低調坐在觀眾席，沒有人認出她。

那是李雯慧，她清楚舞臺上發生了什麼事。

對於臺下坐的大部分聽眾而言，高音部和內聲部脫鉤不過幾秒誤差，他們或許根本無法察覺，也不曉得首席危急時刻做了些什麼樣的處理。然而對於李雯慧而言，她早已聽過〈曼徹斯特〉不下二十遍，且與謝芳芳同臺演出十八年，對謝芳芳的吹奏及〈曼徹斯特〉瞭若指掌——她當然明白舞臺上發生的緊急情況。

李雯慧甚至更擅長吹奏黑檀木，清楚木頭所能承載的氣息極限，她的運舌更加柔軟、音色柔美，總能將聲響調整至舒適狀態，像她整個人所散發的氣質，有別於謝芳芳的演奏風格。

李雯慧聆聽著，皺起眉、又鬆開，流了滿臉汗水，氤氳在口罩內，熱得自己喘不過氣。直到〈曼徹斯特〉驚險結束後，才微微鬆口氣，並察覺到自己的情緒，隨著音樂行進而波動。她繼續聆聽，鳳眼覷著謝芳芳，謝芳芳紮了一頭馬尾，髮圈上的水鑽閃閃發光，從容不迫繼續演奏，姿態俐落且充滿自信。

這是李雯慧第一次坐在臺下成為聽眾。

「原來平常演出時，樂團在舞臺上是這模樣。」她心裡想。

她獨自前來，身旁沒有朋友、家人，中場休息時亦沒有和圈內熟人打招呼，彷彿一抹暗影，坐於紅色絨布包裹的椅背上聆賞。音樂像潺潺溪水，環繞於耳廓，她傾聽著、也凝視著，彷彿在謝芳芳身上看見過往的自己。

〈曼徹斯特歡迎曲〉結束後，接著是現代作曲家史納伯所寫的〈舞蹈交響曲〉、〈臺北夜遊〉、〈d小調協奏曲〉……，李雯慧閉上眼，回想著過往讀過的樂譜，腦海依稀可看見留有影印機碳粉粗顆粒子的音符，那些音符如同電報密碼，待演奏者解譯、開啟，解密出珍寶。

她不斷回想著，邊聽著音樂旋律，邊讀著記憶裡的音符。

突然眼前一片模糊。頭有些暈眩。

李雯慧拉下口罩，輕輕咳了一會。

也許是太久沒出現在人群聚集的場合，或者單純只是對於舞臺有所眷戀，李雯慧胸口一緊，整個人快喘不過氣，於是到了中場休息時，她便神色匆匆先行離開。

貴賓席空出一個位子，座椅椅墊上掀。

謝芳芳在臺上，鎂光燈刺著她的眼眸，渾然看不清群眾，只能在發光的影子中辨識指揮雙手，尋著聲音往前進。待指揮結束最後一個音，轉身向群眾謝幕，衣著鮮豔的人群發出響亮的掌聲，如斑斕漩渦看得人眼花撩亂，謝芳芳才真正意識到，音樂已經結束，辛苦的戰役已經落幕。

謝芳芳與團員們全站了起來，面向群眾。

眼前充斥著巨大的聲響，有些觀眾甚至站起來鼓掌，熱烈的掌聲比音樂更滂沱、燦爛，此起彼落，有些刺耳，但那刺耳的意義是讚許如玫瑰。

舞臺鎂光燈柔和下來。

謝芳芳額間出汗，有些頭暈腦脹，整個人鬆懈下來，望了一眼身旁的 Ken，輕輕對他笑了笑。她突然愣了好一會，恍惚中又瞧了瞧 Ken，並揮開自己腦中的錯覺——她仍覺得站在她身旁的人是李雯慧。但事實上，李雯慧早已退出樂團。

謝芳芳垂落的雙臂拎著黑檀木，她鬆了鬆演出服袖口。

腳邊帆布袋躺著黃楊木，她很難解釋自己在巨大讚美中的失落從何而來。

她知道她曾在那兒。

她知道現場群眾中再也找不到李雯慧。

Allegro Moderato 中庸的快板

五年前，李雯慧罹病之後就不再演奏樂器。

腦內長神經瘤，導致左側顏面神經麻痺，半邊臉塌，連喝珍珠奶茶都有困難，無法演奏樂器，便離開了樂團。

復健療程從每週一次，每月一次，改至半年一次。

謝芳芳和她不再每週見面，只固定於過年時吃飯敘舊。

她們總相約在小巷裡頭的早午餐店。

她倆從小在那條巷弄長大，一起到書局買文具、在漫畫店租《火影忍者》，也一同坐在泡沫紅茶店，點香蒜厚片吐司分著吃。傳統店家陸陸續續結束營業，取而代之的是更加嶄新的店面：日式咖哩、知名手搖飲、連鎖滷味。

吃飯時，除了細數兒時回憶之外，謝芳芳總愛和李雯慧嘮叨著樂團內的大小事，誰結婚、誰生孩子、誰轉換工作跑道、誰退出又有誰加入——樂團成員的人生故事，如同絲線般串連起她們的記憶，李雯慧退出樂團轉眼已五年，五年足以使一個經濟不算寬裕的樂團歷經幾次人事更動。

李雯慧看著樂團成員的照片，笑說有一半成員她根本不認識，不知道新加入的團員吹奏語法吻不吻合。

謝芳芳總快一步回答，怎麼可能和你比，我倆同臺共演十八年，你的每個呼吸、旋律處理我一清二楚，尚未演奏，心中已有音樂，世上再無第二人能懂你我的聲音，怎麼可能和你比。

李雯慧只是笑，在謝芳芳面前，李雯慧從未落淚。

謝芳芳的音樂橫衝直撞，李雯慧從容大度。

那是二十年前全國學生音樂比賽的比賽會場，她們國小三年級，九歲。

榜單貼於綠磁磚牆上，謝芳芳頭上綁著紅色彩帶，穿著格狀褲裙、長筒襪，腳套黑皮鞋，從人潮空隙間擠進身子。

Excel 輸出的黑白紙頁上，她的手指循著表格線條前進，找到「謝芳芳」、「李雯慧」，五位評審的分數去掉頭尾後，數字一模一樣，只是李雯慧點數多了一點，共有三位評審給予她第一名，進入總決賽。

謝芳芳眼淚落下，她知道自己的〈查爾達斯〉哪裡出了問題。

她沒有演好那首狂想曲。

她換了兩次木笛，首段先以高音笛演奏，以她擅長的彈性速度，勾勒出舞者奔放自由的舞姿。當音符往下行，她刻意放慢手指速度，配合氣息調整，製造出曖昧迷濛的效果。

狂想曲中的女舞者身著一襲殷紅扇形裙，碎花紋路如繁星，點綴交錯於芥黃色的裙邊，當她動作放慢，舞群如漣漪一圈圈勾勒出曼妙的身材輪廓，當舞者一旋轉動作，裙身便立刻活起來，搖擺如紅色海浪。

當音型上行，謝芳芳調整口勁，增加高音域的泛音，讓音色更華麗。

女舞者此時腳步越來越快，紊亂中試圖找到節奏，謝芳芳從容換上黑檀木超高音，鋼琴伴奏瞬間忙碌起來。她面孔上揚，望著天空，與背脊呈筆直一條線，頭上包裹的布巾同樣飛舞，女舞者時而騰空跳躍的雙腳，穿插在有力的彈跳音符中。

謝芳芳加強運舌，讓此處快速密集的音群像小型子彈，笛口彷彿漫出煙硝。那是她最引以為豪的段落，充滿爆發力，音符扎扎實實擊入空氣，衝擊人心，具有強烈個人特質。

她望了一下評審席，三男兩女，其中一位頭髮稀疏的中年男人皺了眉頭。

謝芳芳心頭一緊，背脊一陣發冷。

應當是吹過頭了吧，慢板不夠好，快板有時又像脫韁野馬。

明明早已對節拍器練過好幾次，速度未偏離，但不曉得為什麼，音樂聽來總是馬不停蹄，優雅不起來。

女舞者越跳越吃力，企圖心強過頭了，無法節制控制身體。

原先肆意擺動的舞裙，此刻如一朵不敵時間而衰老的玫瑰凋謝。

中年男人手插於胸前，靠著椅背鬆懈下來，他的眉頭始終沒鬆開，嚴肅盯著桌面上的評審單。接著大大地打了個哈欠。遠遠地，謝芳芳好似能聽到他喉頭發出的聲響。

她內心慌亂，速度反而成為枷鎖，謝芳芳越想慢，聽眾越感受到她的不耐和急迫，反而倒過來成為敷衍了事，慢板的細節、氣息調整皆可見破綻。除此之外，她還不小心吹錯了幾個音。

〈查爾達斯〉只完成一半，前半段精采，後半段七零八落。她上氣不接下氣演奏完樂曲後半段，草率地對著群眾鞠躬，便頭暈腦脹地走下臺，沮喪地坐在臺下，滿面愁容。

不久後，輪到李雯慧上臺演奏。

李雯慧演奏的曲目是〈綠袖子變奏曲〉。

〈綠袖子〉是耳熟能詳的英格蘭民謠，但這首〈綠袖子〉卻不太相同。曲子特別委託日本一位作曲家改編，考量木笛的音域及樂器特色，共有六段變奏，李雯慧在比賽會場演奏時，是這首樂曲首次發表。

謝芳芳坐在臺下聽，事實上，她早已在琴房聽李雯慧吹奏過好幾次。她們的鋼琴伴奏是同一位老師，每到練習時間，謝芳芳總搶第一個練習，李雯慧輪第二，她靜悄悄坐於旁邊耐心等待。待輪到李雯慧時，謝芳芳心滿意足地坐下，有時不小心聽到睡著。

李雯慧走上舞臺，看來有些緊張，但她拿起笛子吹出第一個音符後，謝芳芳就知道，這是她〈綠袖子變奏曲〉吹得最好的一次。

首段是令人再熟悉不過的主題，並不難，只是簡單的旋律線，如與陌生人招呼。舞臺氣氛凝結，時間彷彿追溯回十六世紀的英格蘭，亨利八世首次見著了安妮，那個平凡、善良且美貌出眾的女孩。

接著進入二、三變奏，音符漸多，速度不變，李雯慧雙手手臂前進又後退，姿勢優雅，看顧好每個音符。她熟知音符的輕重緩急，哪些是焦點，必須給予多一點氣息，哪些是弱音，演奏者點到為止，不能越界，如同安妮，她和宮廷裡百花齊放的皇家仕女不同，衣著樸素、性格安靜。

安妮身著若竹色長裙，胸口襯著松花綠蕾絲，臉色蒼白，雙唇紅潤。她一雙楚楚動人的眼眸倒映著他人的影子，裡頭沒有亨利八世。

亨利八世得到了安妮，但他抓不住安妮的心。

那是一場跨越階級的暗戀，一樁令談論是非者津津樂道的愛戀故事。

李雯慧的黑檀木說著動人的故事，吹奏得幾近完美。

她內心熟知每段樂曲曲調，將音樂維持於最自然、悅耳的狀態——她已練習過無數回。

直到最後一段變奏，臺下的謝芳芳替她微微緊張起來。

過往練習時，李雯慧往往擔憂自己演奏不好結尾變奏，譜面上爬滿密密麻麻的十六分音符，如難解的古文字，縱使她將每個音都吹對了，但音樂表情常常不到位，音色應拔高之處不夠高，該盡情收放旋律的時刻卻踟躕不前。

然而正式比賽時，李雯慧整個人都不一樣了，雖平日看來溫吞緩慢，但比賽會場激起她的鬥志，她略帶緊張進入最後一個片段，氣息倉促了些、運舌比平常更用力了些、速度不比平日練習時穩定，但最奇怪的是，樂曲反而靈活了起來。

李雯慧面部泛紅，手指飛快，那是她演奏得最好的一次。

她在舞臺上亮眼極了，腎上腺素使樂曲有了生命。

比賽結果公布，李雯慧進入北區總決賽。

兩人沉靜坐於公告欄前的塑膠椅上，對面有一位選手也在哭。

從人潮抽出身子後，謝芳芳抽抽噎噎，眼睛和鼻子都哭紅了，反而李雯慧臉上不見任何驚喜，只微微嘆口氣，坐到謝芳芳身旁聽她哭，什麼話都沒說。

人群漸散，她倆仍坐於塑膠椅上，等父母開車接送。

此時，謝芳芳手上的黑檀木超高音沒握緊，一溜煙落下地，底部磕出缺口。

李雯慧看了，心臟漏跳一拍，趕緊替她將木笛撿起，若被指導老師看到，必定招來一頓罵，木笛哪容得下摔，摔多了，音跑了，整把笛子便不能使用。李雯慧解開領口一顆勒得她喘不過氣的鈕扣，脫去頭上亮晶晶的鑽石髮箍，矮身靈巧從笛袋抽出一小根塑膠棒，塑膠棒頂端纏繞著一圈棉線，她的手背白皙，冬日顯得冰冷。

她接著拿出一罐抗啞水，耐心將抗啞水浸溼棉線，動作緩慢卻心細。

接著，她再將之伸進黑檀木笛口擦拭乾淨，細心呵護保養。

謝芳芳看著李雯慧，突然間笑了起來。

現在替木笛擦抗啞水有什麼用呢，抗啞水是吹奏前擦拭的，讓木笛氣道表面形成保護膜，較不容易塞水，比賽都已結束，再擦一層抗啞水是多此一舉。

李雯慧真是個傻子。

謝芳芳被她逗樂了，她明白她心裡的手足無措。

樂器是表演者的寶物，像是小魔女的魔法棒，彩色的音符按鍵與魔幻舞臺創造出異想世界，克服所有困難和阻礙，無法隨意易主，否則木笛吹壞了、吹啞了，便形同報廢。

李雯慧贏了比賽，但比起勝利獲得的快樂，她更擔心謝芳芳的樂器。

她更擔心謝芳芳。

李雯慧見謝芳芳笑，鬆了口氣，她知道她不難過了。

自此後，她們與這項樂器的關聯更加緊密，彷彿臍帶聯繫著彼此。

比賽結束後，她們倆加入樂團，跟著指揮學吹合奏。加入樂團後，她們開始明白，除了顧及好自己的音樂之外，還必須懂得聆聽別的聲部，才能讓整體的音樂更好聽。

她們再也不參加任何比賽。

比賽裡有太多非關音樂本質的成分存在。

在樂團裡吹奏，如同待在溫暖巢穴，她倆安心棲居於內，互相陪伴彼此成長，度過求學階段，直到出社會工作，縱使沒有一人就讀音樂系、走上音樂這條道路，但卻始終離不開這項樂器，離不開樂團。

謝芳芳中文系畢業後成了國文老師，她一直對現代文學懷抱熱情，通過了校內實習後，幸運考過教檢、教甄，後來至住家附近的國中任教，領一份穩定的薪水。

李雯慧會計系畢業後考上地方特考，在新北市政府環保署，日日作帳、查帳，做事認真，後來調至中央機構，工作順遂。

兩人每到假日便一同至樂團團練，李雯慧成了樂團首席，謝芳芳則成了副首席。兩人的黑檀木超高音大拇指的孔洞後方，都被指甲刮出了缺口——那是吹奏者經年累月留下的痕跡，隨著演奏經驗次數、而不得不在樂器身上留下的傷口。

兩把黑檀木超高音的唯一不同之處，是謝芳芳木笛底部多一道缺口。缺口形狀像顆乳牙，落下的碎片早已遍尋不到。

她們靠那傷口分辨彼此的樂器。

她們心裡知道。

Andante 慢板

飛機落地後，李雯慧臉頰一陣乾冷，她穿上薄外套，摸了摸後背包。

後背包裝著她的笛袋，她又在笛袋外多套了好幾層，防摔、防撞。

時值夏天，法蘭克福的陽光不烈，樂團一群人浩浩蕩蕩出了機艙、拉了行李、樂器進入中央車站，在火車月臺上等待列車進站。每人皆滿身大汗，樂器比想像中重，尤其裝箱的倍低音木笛，單手拉提把令人覺得有些吃力，樂手們在月臺上或坐或站，遠望著軌道上時而有列車行經。來到異地，李雯慧心裡有些不安，她看了眼身旁的謝芳芳，只見她臉上難掩興奮，身著白色無袖透氣衫、短褲，古銅色纖長的腿筆直站立，她皺起鼻子，狠狠地抽了抽。

「德國的空氣……原來聞起來是這種味道。」謝芳芳嘴裡大聲地迸出一字一句。

李雯慧沒有搭理，只甩了甩頭，示意她看顧好自己的行李，下班列車就要到站了，還是照顧好自己的行李，免得十五天的行囊丟了，神仙也救不了。

謝芳芳愣眼看了看她，下意識摸了摸自己的背包。

出國前經李雯慧耳提面命，將黑檀木好好捆入笛袋，免得她忘東忘西的個性，可能樂器早不知丟哪去，半個月的樂團巡演難不成得開天窗？

火車月臺上站著一個英俊的少年，那是在地樂團BiBi的年輕團長Mars、少見的年輕木笛樂手，就讀數學系的大學生。Mars一頭棕色捲髮、滿臉雀斑，笑起來時露出兩個淺淺的酒窩。謝芳芳覺得他的眼睛很迷人。

Mars走上前替李雯慧拿托運行李，身材不高，但手臂粗壯有力。

一個健步便將黑色大行李箱扛過月臺縫隙。

謝芳芳對她擠眉弄眼，李雯慧翻了個白眼，逕自上了火車。

她在背後輕輕笑。

火車上，李雯慧旁剛好有個空位，Mars很快地坐下，試圖和她聊上幾句，意圖和首席建立良好的關係。李雯慧靦腆地笑，有些彆扭，欲說出的話語落在唇邊便又縮回去，她紅著臉藉口上廁所，暫時離開了座位。

當她再次返回座位時，只見謝芳芳在自己的位置上，和Mars有說有笑。

他們時而低語，時而迸出大笑，流暢地使用英語交談。

她沒有再走回自己的位置。

撿了鄰近的空位坐了下來。

列車在月臺停了下來，Mars 領著樂團成員下車後，甫搭上遊覽車趕去彩排場地。接著，便是一連串的彩排、演出、彩排、演出，有時音樂會舉辦在正式音樂廳，有時是在教堂。公告欄上貼著演出海報，黑色背景襯上鮮黃字體，寫著演出時間及地點，引起路人們注意，訊息被地方記者報導，搭配著樂團出版的專輯，被刊登在音樂雜誌上。

最後，樂團走遍德國五個城市，舉辦六場巡迴演出，演奏十六首樂曲。

演至最終場，樂團從南至北回到城市漢堡，在地方一間學校演出，曲目中，有一首臺灣作曲家改編的〈惡魔之舞〉。〈惡魔之舞〉由 Josef Hellmesberger 所作，後因小澤征爾指揮而一砲而紅，在木笛合奏的版本中，需要兩位獨奏技巧較佳的高音聲部擔任主旋律，除了運指靈活外，重音處理須得拿捏，速度得又穩定又緊湊，整首樂曲才會充滿惡魔奇巧的趣味。

高音聲部的重擔當然落在李雯慧和謝芳芳身上，指揮說，李雯慧在舞臺上穩定又亮眼，屬於舞臺型的演奏者，最高聲部由首席李雯慧擔任，謝芳芳沒有異議。

演出前，李雯慧緊張起來。

謝芳芳從沒看她那麼緊張過，她於廁所來回奔走、面色發白，整個人模樣緊繃，情況有些詭異。此場為巡演最後一場演出，前面已經過了五場，樂團成員早在後臺聊著待會該如何舉辦慶功宴，接著再好好玩個幾天回臺，李雯慧的反應真奇怪。

〈惡魔之舞〉雖然困難，但對於獨奏能力極佳的李雯慧而言應不至於造成壓力。謝芳芳覺得事有蹊蹺，忍不住上前探問，只見李雯慧愣愣地看著她，臉色波瀾不驚，說了聲：「我的左耳聽不見。」便再無言語。

她不明白她的意思。

那時，她們倆都不知道，這是李雯慧生涯最後一次演出。

回臺後，李雯慧因左耳疼痛，首度至附近診所就醫檢查，經醫師判定為內耳炎，直至後來仍持續疼痛，服藥後不見改善，某日發現左半臉僵硬、無法動彈，才轉診至大醫院照電腦斷層。

結果出來後，發現她腦神經上長了一顆環狀神經瘤，壓迫顏面神經。

李雯慧第一次躺上手術床，「好冷」她心裡想。

手術房好冷。

執刀醫師是院內榮譽教授吳醫師，表情平靜、口氣冷淡。

吳醫師將神經瘤包覆的神經切除後，取用耳大神經替換，六小時完成手術。半年後，李雯慧又至長庚醫院接受功能性肌肉自由皮瓣顯微手術。照電腦斷層時，醫師對她說，神經瘤長的位置少見，壓迫到顏面神經的情形也很特殊：「年紀輕輕，遇到這樣的事情真可憐。」

她聽了之後有些惱怒，生氣又難過，醫生憑什麼覺得她可憐？

醫師接著向她解釋，手術分兩階段，先將右小腿神經移至顏面神經，與新神經連通後再進行第二階段。二次手術花費時間較長，取用右大腿內側的神經進行修復。

「手術完後，一年可露一顆牙、第一年一顆、第二年二顆、第三年三顆……直到完全復原。」

她忍不住哭起來，彷彿自己被宣告死刑。

所有事務皆停擺，工作、與朋友間的聯絡，以及樂團。

一切都以手術為重，李雯慧沒有太多時間難過，繁瑣的住院流程消磨心智，又遭逢疫情，家屬無法陪同入住病房。

她再度被送入手術房，全身麻醉，感覺不到寒冷，因為她沒有感覺。

彷彿做了一個好長的夢，夢裡她和 Mars 聊天聊得愉快，Mars 和她討論人生，從初中到高中，再從高中到大學，前女友音樂系主修鋼琴、人緣好長得又漂亮，最後卻被劈腿。Mars 為此難過許久，他皮膚白皙、顴骨俐落分明，五官深邃，眼眸好似噙著眼淚說著這段過去，接著忍不住吻了李雯慧。

她有些錯愕，卻又彷彿早有心理預期。

吻綿長且柔軟，散發著古龍水味，嚐起來有柑橘香氣，她的臉頰紅暈一片，Mars 並未停下動作，反而一次又一次具侵略性地前進，抓住手腕。

「好冷。」

夢沒有持續太久，夢讓人短暫地騰空卻又摔落地。

冷氣竄入李雯慧纖瘦的身體，醒來的感覺有點糟。

她隻身與護理師面面相覷，眼前一陣白，從手術室出來後，李雯慧逐漸恢復意識，終於感覺到了自己的身體，沉沉地覆於棉被下，窗外斜陽映入，機場捷運遠望像毛毛蟲，一點一點往前吃著鐵軌。

護理師拿起她的手機，提醒她傳訊息報平安。

打開相機鏡頭、朝向己身。

鏡頭前的李雯慧左半臉頰臃腫、面貌全非，原先的瓜子臉如生長兩顆肉球，她眼眶溼潤，眼淚忍不住落下。

「如果沒有遇到疾病，日子應該過得和捷運上的旅客一樣平凡吧。」

她這麼想。

出院後，謝芳芳找她吃飯。

李雯慧的情緒仍維持一慣的冷靜、平靜訴說手術時的遭遇。

謝芳芳很沉默，和平時吵鬧的樣子完全不同，她本想問她病情好轉後，能否回樂團和她一起演奏，首席之位永遠屬於李雯慧——謝芳芳沒有開口，她想起樂團在德國漢堡的最後一場演出。

彼時，李雯慧拿著黑檀木超高音走向首席之位，當樂團成員坐定，指揮手一落下，演奏第一個重音時，謝芳芳就知道她整個人狀態不佳。

重音軟弱無力、不精準亦不到位。尤其第五小節主題進來後，音符雜亂無章、速度不穩定、忽快忽慢。

指揮皺起眉頭，思考該如何處理，團員們內心跟著慌張起來，聲部亂成一團。

低八度墊後的謝芳芳瞄了眼李雯慧，只見她額間汗水涔涔、目無他人，耳裡彷彿聽不見聲部言語，整個人頭昏眼花，雙臂不自然揮動。

指揮決定停下音樂，樂曲進行至二十五小節變收尾，他向謝芳芳使眼色。

謝芳芳立刻意會，左手放至李雯慧大腿上，輕輕拍了拍，示意她放下手中木笛，李雯慧懂意思，放下樂器，安靜坐於舞臺。

後來，是謝芳芳完成了那首〈惡魔之舞〉。

缺了口的黑檀木響起惡魔的樂音，謝芳芳熟悉李雯慧的語法處理——她慣性吸氣的位置、使用的氣息量，或者於 fortissimo 時不經意將笛身上揚的小動作，甚至是進入三個降記號、刻意使用的彈性速度，以製造吹奏者滑稽、疲於吹奏連續級進音群的假象。

謝芳芳的〈惡魔之舞〉演奏得比誰都要好，增添了豐富細節，又能在飛快速度中不失優雅，她從來就擅長快板，飛快音符間彷彿出現惡魔瑣瑣碎碎的奸笑，時而氣勢劍拔弩張、時而又調皮笑鬧如同幹些無人知曉的勾當。

惡魔華麗妖豔，卻也可親又可憐；惡魔有血有肉，令聽眾內心激昂。

它罪惡，卻也美得令人心碎。

演奏完後，謝芳芳獲得如雷掌聲。

指揮示意謝芳芳鞠躬致謝，她手中拿著缺一角的黑檀木，落落大方地敬禮，臉上充滿得意之情。

走下舞臺，團員蜂擁而至，全圍在謝芳芳身旁津津樂道，表揚她臨機應變、技巧高超，拯救了樂曲，不愧為副首席。

她喜歡被讚美，內心歡喜，走下臺後瞥了一眼李雯慧，以為她的反應會一樣熱烈。但李雯慧沒有，只對她微笑、臉色慘白，接著掉頭回後臺，將所有樂器清潔完畢後收回笛袋。一句話也沒有說。

謝芳芳突然憶起九歲那年的音樂比賽。

她也不曉得該說些什麼了。

對兩人來說，表演是工作，分內的事情完成後，收拾樂器準備打道回府，觀眾的激情、熱情，也將隨謝幕而衰退。

表演結束回到臺灣後，謝芳芳步回校園，日復一日站於講臺，在黑板上用白粉筆寫下每字每句。李雯慧繼續搭捷運通勤上班，恢復每日被數字追著跑的會計師生活。

惡魔出現不過是一瞬間的事情，它有什麼值得令人歡喜、難過、哀慟，以及值得令人瘋狂舞蹈的理由呢？待所有激情恢復平穩後，人們都得回歸日常、趨於平淡，只有回到音樂廳那短暫一刻，才能暫時脫離人世，重回兒時無所顧忌地坦露心機及情緒。

音樂是生活裡的惡魔，世紀末的華麗。

Allegro 快板

謝芳芳擁有兩把超高音木笛，一把黃楊木，一把黑檀木。

她很確信，世上只有兩個人能聽出這兩把木笛的細微差異。

一個是她，謝芳芳，另一個是樂團前首席李雯慧。

李雯慧因病退出樂團後，謝芳芳較常使用那把黃楊木超高音演奏，不同於KÜNG的黑檀木機器笛，黃楊木笛笛身長、內徑較窄，音色清亮柔美，如溪流水面經太陽反射後閃閃發亮的光線，不再像青少年時期的音樂，總是衝鋒陷陣，多了一種寬厚與溫柔。李雯慧不那麼常出現於樂團後來舉辦的音樂會，再加上疫情肆虐，藝文團體的表演場地暫停租借好一陣子，演出皆往後延。後來，樂團陸陸續續有新成員加入，團員不像往常熟識，李雯慧聚餐也不太出席，再加上定期得復健回診，她已許久沒拿起樂器演奏，左邊臉頰未完全復原。

但是，李雯慧的耳朵仍像從前一樣好。

場地解禁後，她禁不住謝芳芳的邀約，拿了張貴賓券，出席聆聽演出。

演出地點在臺北市中山堂，場地雖舊，但音響效果還可以。

大部分的曲目都是李雯慧熟悉的樂曲，約三分之一的曲目是新曲，相較起過去，樂團此刻的演出人數為平時的兩倍，編制與往常不同。但這之中，仍有一首曲子堅持單獨演奏，那便是她們的成名曲〈惡魔之舞〉。

音樂會下半場，謝芳芳領著團員走上臺，手裡握著兩把超高音木笛。

坐定位後，她放下手中的黑檀木，拿起黃楊木，接著在指揮的手勢下，開始演奏〈惡魔之舞〉。

光聽謝芳芳演奏的第一個音，李雯慧便知道，謝芳芳的演奏與過往不同，開頭的重音比過往扎實溫柔多了，不再是精細銳利的音響破題，反而聽到更多舌間的運氣。

接著進入主旋律，令人再熟悉不過的主題，惡魔顯露其張牙舞爪的一面。謝芳芳從容不迫、姿態優雅，雙手手臂自然垂下擺動——她的手指似乎比過往靈巧，音樂聽起來輕盈多了，短促的快速音群只稍稍擺了擺指尖，主題便穩定向前，幾乎毫無瑕疵處理每個段落與呼吸。尤其到了高八度的小節，黃楊木超高音不像黑檀木，必須改變口型、調整吹奏，才能將音吹到位，它反而一溜煙拔高上頭，如攀登技巧優越的登山者，靈巧登頂，令人歎為觀止。此外，謝芳芳有意識呈現高音與低音的反差——那是李雯慧過去不曾注意到的細節處理，亮處更加明亮，暗處則音色晦暗，不搶風頭，謝芳芳不只調整了音響，也改變了演出時的肢體語言，讓聽眾注意到旋律張力的變化。

直到三個降記號的彈性速度慢板，李雯慧替謝芳芳緊張起來。

謝芳芳不擅於演奏慢板，總是無法掌控何時該進、何時該退，有時音符來得氣勢凶猛，令人猛然一驚；有時又來得慢慢吞吞，讓聽眾期望落空。謝芳芳難以掌握休止符，尤其心情越緊張，就更無法自如控制，讓底下的聲部無法跟隨。但這次演出時，謝芳芳整個人都不一樣了，她熟悉〈惡魔之舞〉的所有細節，尤其換了黃楊木超高音演奏，她突然懂得如何吹奏慢板，謝芳芳不再是從前那個得不到冠軍便落淚的小女孩，她成長了，慢板也跟著圓滑許多，自在控制旋律線，鬆散隨意但不失態，俏皮且不失幽默。

惡魔更擅於訴說故事情節的明亮、凹陷以及轉折，彷彿有了歷練後的工匠，更懂得雕刻旋律輪廓，知道何時該俐落刪去多餘的木塊，何時該細密刻出紋理。惡魔不駭人，他雖阻礙人生，但從他惡意的玩笑裡，人們看見光亮；惡魔並不令人畏懼，有時他雖惱人，但從日復一日一日辛勤的工作與勞動裡，可見人們堅決抵抗的決心。

最後一首曲目結束後，觀眾席響起如雷的掌聲，貴賓席的樂評家們也再次想好了隔日的報導標題：「樂團新任首席謝芳芳再度超越自己」，有些觀眾站起來鼓掌，聲響比音樂更巨大。指揮敬完禮後，邀請謝芳芳敬禮謝幕，她額頭出汗，優雅快速地鞠躬，後臺工作人員捧著花束獻給她，她靦腆笑了笑，眼前被舞臺燈照得一片模糊。

下臺後，謝芳芳捧著紅色玫瑰走回後臺。

她摘掉隱形眼鏡、褪去演出服，接著將兩支超高音木笛收回黑帆布袋，拉上拉鍊，接著望著眼前玫瑰花發呆。花束一層層包裹在繽紛包裝紙內，下頭浸著冰涼透明的水，沉甸甸，深紅色的玫瑰花瓣有些被壓壞了，蜷曲破碎，她想起二十年前音樂比賽時吹的〈查爾達斯〉，狂想曲裡那位身著豔紅色的女舞者，一襲旋轉的舞裙，應當就和這些豔麗盛放的玫瑰一樣。

「拿去送給 Ken 好了。」正當她這麼想時，外頭有人敲門，Ken 不請自來。

謝芳芳從回憶裡回神。

「有位朋友拿來給你的。」Ken對她說。

「辛苦了，今日演出很成功。」

Ken 對謝芳芳笑，他沒有提及自己的失誤，她知道，他的笑容裡有抱歉也有讚許。

「哪位朋友？」

「沒有說名字，但她說拿給你，你就知道了。」

謝芳芳接過 Ken 手中的黑色盒子，打開後，發現裡頭裝著一隻 KÜNG 出產的超高音木笛，黑檀木表面映出光暈，笛身完好，無任一損傷及缺口。

她沉默好一陣子。

「什麼時候去德國？」Ken 接著問，邊作勢離開休息室。

「會和 BiBi 樂團聯絡嗎？」

「還不確定呢。」

謝芳芳回答，她仔細撫摸著盒中的黑檀木，不再多說任何話語。

謝芳芳決定，從此再也不回覆Mars的訊息。

#木笛合奏樂曲音樂聆聽：
惡魔之舞

〈惡魔之舞〉原先只是一首管弦樂舞曲小品，演出機會十分稀少。直到二〇〇二年，由知名指揮大師小澤征爾與維也納愛樂管弦樂團，在新年音樂會上演出了這首曲子之後，便掀起了一陣旋風、流行開來。〈惡魔之舞〉曲名其來有自，因曲中弗里吉安調式（Phrygian mode，以大調自然音階第三音爲主音的調式）的使用，而產生一種惡魔似的氛圍，爲這首作品增添不少情趣。

憂傷的老姊與電話

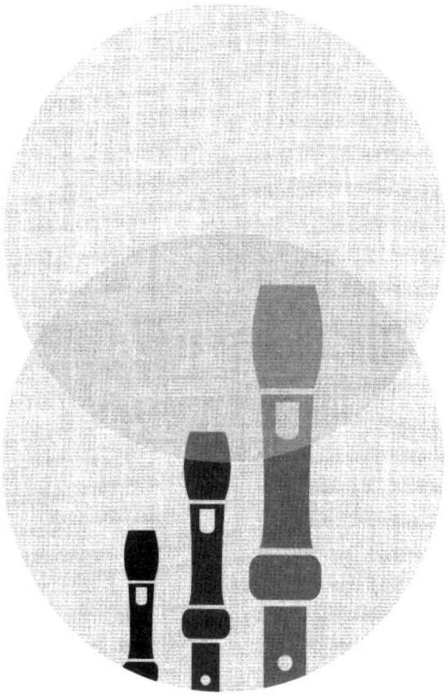

老姊死後的一個月，她打了通電話回家。

「要死喔，你不是死了嗎？」我對電話那頭驚呼。

「這樣你算厲鬼還是冤魂？」

「都不是，我只是在一個難以言說的地方，擔任業務部的電話專員。」

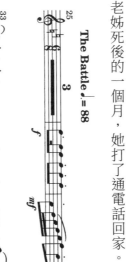

死後打電話的行為，很像老姊的風格，拖泥帶水、不乾不脆，我還記得老姊陳屍在大廈樓底的樣貌，頭顱碎裂，雙腿碎骨噴濺，不用送醫，看到這種慘樣就宣告不治。

老姊自殺的方式令我匪夷所思，我不認為她有足夠的勇氣跳樓，在死亡面前她應該是優柔寡斷、瞻前顧後的，不選擇相較之下顯得委婉的自殺方式，而是跳樓，營造出具有巨大衝擊性的死亡畫面，到現在我仍舊想不透。

不過說到自殺這件事，我倒是一點也不意外。

她幾乎是被自己剋死的。

母親說，老姊出生時臉孔的哀傷程度，早就預示著她必死無疑的未來，當然這句話是在老姊死後說的，老姊死之前，母親壓根不相信她會自殺。她是一個太過快樂的母親，哀傷對她來說，像是沙灘上的足印，風吹水抹，不留痕，所以在老姊死後，她很快就恢復了情緒，並且相信命運有他自己的安排，老姊死後在天堂應該會過得更快樂。

有比較快樂嗎？或者說快樂這種生理情緒，適用於老姊身上嗎？這是我內心對母親下的結論產生的質疑，以我對老姊的了解程度，這是最微不足道的質疑，我實在太了解她，以至於當外人試圖理解她的自殺動機，卻完全找不到任何相關跡象時，我也懶於向他們解釋。

只要任何一個人，翻開舊時的相簿本，看到老姊那張出生時就過度衰老的臉，就會了解老姊的憂鬱。皺紋在老姊出生時就跟著她，像是擺脫不了的宿命。皺紋呈逆時針漩渦狀，遍布在她的額頭、臉頰、鼻翼兩側，她根本不用皺眉或是癟嘴，臉部就自然糾結成老女人的面貌。我懂那些皺紋盤繞出來的夾層中，老姊深深的憂慮，是在群體生活中所累積的過多的個體自覺，自我意識像是她倒開水時永遠散溢出邊緣的水，這些水潑在她的衣服上、腳趾上，使她經常呈現溼漉的狀態，那些憂鬱，我知道，那些水分子，在陽光將它們曬乾之前，就會再次浸透老姊的身體。

「在這裡的世界，有些觀念是相反的。」老姊說。

「我們只為尚未死亡的人感到悲傷。」

她說，慢條斯理地，我甚至聽得到一旁她用指甲撥弄尖銳物品的聲響。

「你不必為我感到悲傷。」我說，「我一點也不嚮往你那邊的世界。」

「我知道。」她說。

「不過我想，你應該會喜歡這裡。」

❀

之後，老姊固定在每月月初的禮拜一打電話給我。

她花了很長的時間在電話裡向我解釋，死後的她穿越時空到一四六〇年英格蘭的北安普敦戰爭，成為一個據守於倫敦塔牆角的幽靈，她因而能見證到戰爭的真實模樣，並打電話給仍活在世上的人們，向他們宣告深不可測的未來，以及來自第一手目擊者的反戰思想。老姊站立在窗邊，沃里克率領約克軍隊一日又一日逼近，軍隊士兵身穿盔甲、手拿槍砲及弓箭，走在被雨水打溼的泥濘裡頭，約有五千多人。

我想像身子薄弱且憂鬱的老姊，從窗外看見與日進逼的敵軍，對之嗤之以鼻的漠然神情，那影像忽然立體起來。蘭開斯特軍隊在城內構築防禦，等待著更多援兵抵達，約克軍突然的閃電奇襲令他們措手不及，因而在每位駐守倫敦塔的士兵心裡，他們皆誓死守衛北安普敦，不讓敵軍繼續前進。老姊並沒有站在任何一方，在她的觀念裡，勝利並不存在，也無關正義與否，戰爭只是人類社會發展到最後不得不進行的一個結果，它是一個歷史必經的過程。

老姊沉默的時刻居多，只是不知道為什麼，當我善意地問起她在電話那頭的世界時，她便滔滔不絕地和我說起這場五百年前海外的戰爭。她還說，她並沒有經常穿越時空，大多時候，她仍舊待在死後的世界、那個沒有重力、沒有時間及空間，只剩下某種暗黑物質存在於身體周遭，但卻確實存在的地方。

事實上，從頭到尾我心裡都認為老姊一派胡言。

如果她真的穿越至一四六〇年代，是絕對不可能與我通電話的，一四六〇年代距離電話發明的紀元，還有整整四百年，連電與磁的研究是否開花結果都還不清楚，怎麼可能泰然自若地與我通話？此外，老姊明明就是副熱帶地區的島國子民，突然穿越到日不落帝國參與戰事，也未免太不合邏輯，這對於總是重視脈絡、前後因果的高學歷者老姊而言，簡直就是莫名其妙——但老姊什麼都沒否認、也沒承認，她只責罵我缺乏想像力，總是試圖以絕對的理性、客觀捕捉夢境與幻想，接著又對我說，她活在已逝父親的幻想中，那是一個關於戰爭的夢境，講述一四六〇年代發生的北安普敦戰役，出現於父親生前常常聽的一首木笛合奏曲：《仲夏草原組曲》。

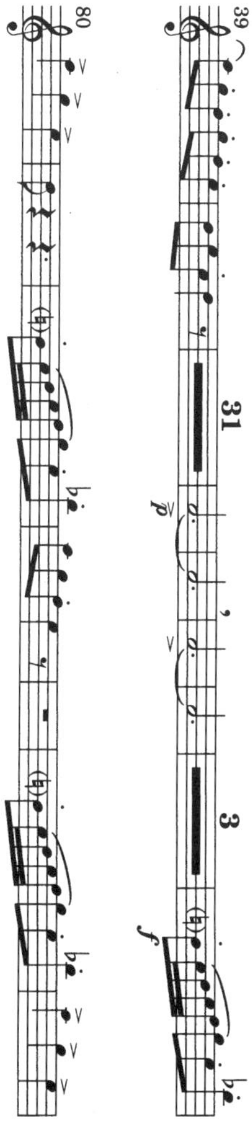

每當聽見老姊有些惱羞成怒反駁我，我心裡便開始疑惑，或許我只是誤接一個精神病患的電話，自稱是我死去的姊姊，每週還逼迫我撥出時間，義務性進行心理諮商。但

當我這麼想的時候，電話那一頭的老姊，又總是能說出許多充滿說服力的細節，讓我相信她就是我的親姊姊。

老姊死後的謎團深深困擾著我，我根本不知道該如何做才好，只能反覆接起電話，傾聽老姊向我編造的一切。每當她打來時，電話都會響起《仲夏草原組曲》──那真是一個惡意的玩笑，是她離世前設定的電話鈴聲，彷彿早已預知自己的死亡。

這種不適應感持續到第三個禮拜。

我已經從質疑、困頓，不斷失眠的處境當中，逐漸接受這一個事實，並且因為體內某種人類與生俱來慣性，開始習慣發生在老姊身上的不可思議之事。接受這個事實後，失眠的情況改善不少，我開始養成不再質疑萬物的習性，就像和房間裡的大象相處，我接受那隻大象的存在。

老姊的死亡彷彿並不成立，只是肉體換了空間，但靈魂卻始終懸掛在電話另一頭，日復一日和我對話。老姊的聲音語調一如往常，平穩且毫無高低起伏，大多時候靜靜聽我說，只偶爾提到窗外戰爭的情況──她活在一場永無止境的戰鬥中。我不知道該怎麼回應老姊，只好反向和她訴說真實世界發生的大小事，試圖連結上她的記憶，找尋與她相關的事物分享。有時候我懷疑，其實是自己對著電話那一頭喃喃自語。

電話裡的老姊平時話不多，仍舊和我抱持相反的觀點，並在我向她傾吐了整件事情後，為我下註解，她好比鏡子裡的我，總是左右相反。

「幾個禮拜前，阿桃打電話給我，要我把滿月金飾還給她。」

「為什麼這麼突然？」

「不知道，我懷疑她被詐騙。」

「你到現在還和阿桃保持聯繫嗎？」

「對，父親過世後，母親早就不接她的電話。」

「原來如此，有問她原因嗎？」

「阿桃什麼都不肯說，只和我翻了父親的舊帳，大發一頓脾氣，接著叫我拿出滿月金飾還給她。」

「你照做了嗎。」

「應該會。」

「永遠這麼聽話。」

「連同你的滿月金飾，我也一併寄給了她。」

阿桃是我和老姊的奶奶，長時間獨居，和我們並不親近，只偶爾會打電話來要錢。阿桃的房子偌大且空蕩，我曾和母親去過一次，房子是獨棟的鐵皮屋，地板由深紅色磁磚一塊塊鋪成，牆壁刷白漆，窗戶上的黑垢因久未清潔形構出繁複的圖案輪廓。當我走到阿桃的床旁邊，發現緊貼著壁面的床腳下，靜靜躺著四十多隻的蟑螂，牠們仰臥、腳足朝上，像一群打了敗仗的士兵，成群結隊地死於此處。蟑螂黑得發亮，如同士兵身著黃銅盔甲，發出黑色光芒，形成一片色澤濃重的密林，掉落的翅膀片片鋪於地面，像散落一地的落葉，遠看好像地板生出一塊汙漬。蟑螂緊挨著彼此，死亡如此平靜地流經，像是一點事也沒發生。

我再也未去過阿桃的屋子。

✿

老姊居住的世界開始下起雨。

我聽不見一四六〇年代的下雨聲，但在現實生活中，我尋找到了父親生前留下的CD，聽見《仲夏草原組曲》第二樂章裡的雨聲。超高音首先緩慢地吹奏下行半音階，接著是高音笛、中音笛、次中音，最後才是低音笛。每一個聲部緩慢地吹奏，接著聲部重疊，製造出紛亂且捉摸不定的音響效果，彷彿雨越下越大。

七月十日下午，老姊和我說，天空降下大雨，約克軍頂著大雨、踩著泥濘，持續往前邁進。雨水打在他們的頭盔上，發出清脆的聲響，接著順著盔甲縫隙流入內裡，浸溼了士兵們的內襯，不久後，所有士兵不管盔甲內外皆沾滿泥土。約克軍弓箭受潮，且雨水阻斷了箭的射程範圍，因此他們決議集中騎士與重步兵，想以衝鋒肉搏戰對抗蘭開斯特軍隊。

「幽靈淋到雨會發生什麼事？」我問。

「水對於我們而言是一個再熟悉不過的物質，事實上，我認為人類的靈魂都是由水所組成的。『水』在語言世界裡頭經常與悲傷、難過等負面形容詞聯想在一起，事實上，水不過是種正常狀態而已……」老姊回答。

她難得如此多話，或者，應該說，當我們討論的話題觸碰到某種哲學邊界，老姊便會變得喋喋不休，高談闊論她觀察人類社會時所建構出的理論。每當這個時刻，心理上我便會將我和老姊的關係化約為打電話者、接聽電話者，較為簡單的關係，取代血濃於水，這讓我比較好受。

當老姊的話語如同一片煙霧瀰漫於電流轉化而成的聲波時，我的心思永遠不在她滔滔不絕的哲學理論，腦袋反而開始召喚回過去家中發生的一切瑣事上——也就是那時刻，我開始意識到過往父親的處境，並且想起父親與阿桃之間的關係也曾是如此，一方是撥打電話者，一方是電話接聽者。

父親還在世時，阿桃的電話通常是他接的。

我常常在一旁看著受盡百般折磨的父親，拿著話筒戲劇性地跺腳、氣憤地雙手握拳，他總是氣急敗壞，整個人如發瘋似地向電話另一頭咒罵，責罵阿桃不要吃保健食品，責罵阿桃不要再和鄉下的老同學聯絡，也責罵阿桃別再聽信鄰人不實的謠言。

我無法得知電話那一頭究竟發生了什麼事，總疑惑電話為何像是吸取人類靈魂的黑洞，將父親的所有精神「咻——咻——咻」地轉入凹陷的電話孔。

阿桃的話語挑動父親太陽穴內的每根神經，她總是打電話來抱怨鄰居佔據了住家門口，又或是房客偷了她廚房內的東西……然而當父親抵達阿桃的住所後，卻總是發現事情並不如同阿桃在電話中所陳述，就算如此，阿桃仍用盡各種理由打電話給父親，家裡沒有人知道阿桃真正的目的究竟是什麼。

這種情況維持許多年，父親的語氣嚴厲，反覆地說著同樣的話語好多年，像是魔鬼的輪迴，一句又一句如施咒。每當阿桃打電話滔滔不絕地訴說時，父親便大發雷霆地回覆，一來一往，像是約克軍和蘭開斯特軍的對峙。

他們通話總是維持不久，父親便匆匆把電話掛上，接著趕去郵局轉帳，匯生活費給阿桃，轉帳完之後，他會回家告訴母親，錢才是阿桃打電話的目的，千萬別被她的話語所蒙蔽。最後，父親就會將注意力轉回他的書房內，埋首於他成堆的樂譜與古典音樂所構築出來的世界，我想那是他杜絕外在干擾的一種方式。

自父親過世後，不知何原因，換我開始接起阿桃的電話。當我聽見阿桃的聲音，才深刻明白死去父親的心情。

「阿桃的人生好像有兩個版本。」我向老姊吐露。

「對我說的故事是一個，真實世界又是另一個。」

「怎麼說？」

「電話裡，她是一個被家庭拋棄的女孩，沒有人愛。父親將她嫁給老芋仔，只為了一筆豐厚的報酬，阿桃的人生命苦，原本在家鄉有個交情不錯的同學，兩人早已私定終身，沒想到卻被迫賣來臺北，嫁給國民黨老芋仔。」

「另一個呢？」

「你說真實世界裡的那一個嗎？」

「嗯。」

「她從十六歲嫁給軍人後，下半生無憂無愁，人生從未做過任何一份工作，軍人丈夫死後繼續領國家的軍眷月俸，還連同土地繼承了一棟房子，坐擁財產，老家有個老相好，時不時會上臺北找她，住她的房。」

「哪個才是真的。」

「你願意相信哪一個？」

我沒有繼續接話，並且想起母親曾說過，阿桃是一個強悍的女人。

父親死後，母親獨居在臺北老公寓，住五樓，比四樓多一樓。

他的房裡留下成堆的古典音樂CD和樂譜，CD被謹慎裝在封套，整齊排放架上，那些光碟像一面又一面鏡子，當父親將它拿出後，映照出人們的臉龐。父親徹底埋頭進入古典音樂的世界，聆聽多位木笛演奏家的獨奏及合奏曲，在密密麻麻的樂譜上寫下一行又一行字跡，偶爾可以聽見他獨自吹奏，書房傳來凡艾克、韋瓦第、巴哈、莫札特……等各式不同風格、類型的音樂。

事實上，當時年幼的我並不懂得辨識那些樂曲，只隱約記得模糊的聲響從書房裡傳出來。但有件令我印象深刻的事情，至今始終忘不了，當時我邊聽著聲音，邊看著坐在書房外玩玩具的老姊，老姊的玩具和她一樣憂鬱，如同蒙上陰影、安靜且沉默地置於冰冷的地板。她意興闌珊地挑弄又髒又舊的娃娃、毫無生氣的塑膠物體，接著哼起歌來。

那是少數我看見老姊真正開心起來的時刻。

她那一張皺皺且過度成熟的面容，如同花般綻開笑靨，有時甚至還笑出聲音，使我感到不可思議。

雖然有時我懷疑記憶的真實性，但由於印象太過強烈，那份抽象的「真實」感覺像溫熱的扁平石頭似地貼在胸口，它的存在感如此鮮明且具象，使我直到成年之後，都還可以想起憂鬱老姊少數快樂的時刻。

然而，這些過往光景隨著父親逝世而不復存在，CD像是陳舊古老的淘汰品，被時代洪流襲捲而最終成為沙灘上破碎的廢棄物，那些再也無人演奏的絕版樂譜，記載的音符如古老密語，隨著父親的死亡走向末途，紙頁脫落、譜面因久未翻閱而脫漆掉色。

父親死後，每到週末，我常回公寓看母親，看她一人拿著水桶、杓子，慢吞吞爬上頂樓，為她親手植栽的綠色植物澆水。她種植了各式各樣的景觀植物，綠油油的葉片曬在陽光下，細細碎碎交織出一片密林，當風吹過時，葉子摩挲著彼此，發出悅耳的聲響，勾勒出風的輪廓，像彩料被水暈開，打翻了一整個午後的睡意。母親有時和親戚阿姨們聚在頂樓聊天，她在陰影處放置幾張板凳，她們會坐在上頭閒聊，我靜靜幫植物澆水，聽笑聲從樹葉的空隙間穿入耳朵，笑聲夾雜在字句裡頭，舊式音響的雜音，沙沙揉碎在風裡。

「你有把我的事告訴母親嗎？」老姊問。

「什麼事？」

「我打電話給你這件事。」

「沒有。」

「為什麼？」

「沒有任何原因，也沒時間和她多聊。」

老姊死前，母親常常懷疑老姊不是她的親生孩子。

老姊的憂傷在母系遺傳的基因裡頭，是幾乎不可能出現的變數，外婆所生下的女兒們，都有著過度樂觀的老毛病，老姊像是撿拾著家族成員們遺留的哀愁，往自己身上攬，成為家族之中醒目的異類。

母親曾說過，她的姊妹們看到剛出生的老姊時，她們難得皺起眉頭，嘆了口氣，說著這嬰兒怎麼面容有些觸楣頭，但過不久後，阿姨們又因為聊起生活近況，而將嬰兒愁苦的面容淡忘掉。那時老姊不哭也不鬧，只是靜默地看著在她眼前談天的阿姨們，帶著一股早熟的陰鬱氣質，憂傷地聽著阿姨們發出的笑聲。

我出生之後，長大後的老姊經常站在遠處的陰影內，看著陽光下坐著逗弄我的阿姨們。

阿姨們垂墜著軀體，懶懶地坐在藤椅上，過多的贅肉從椅縫間擠壓而出，鬆垮的面部因時不時爆出的笑聲抽動。老姊看著她們，阿姨們肥大的輪廓在陽光下拋光、打磨，散發著光暈，感覺模糊曖昧，她們身上沒有太多陰影，光線流動在顫動的肉體上，像是年代遙遠的老年神祇，皮膚發黃，卻從飽滿的雙頰透出光彩。

阿姨們群體圍坐著，話語在空氣中蒸騰，成為一種無法理解的咒術，她們談論著生活中的大小事，不時噘起嘴唇逗弄揣在懷中的嬰兒。

空氣中漫渙著誕生的喜悅，就在陽光落下的一方角落，沐浴著出生不久的嬰兒，以及已步入中年，而心態仍處於未開化與開化之間的，婦女的仁慈。阿姨們的笑聲使老姊顯得侷促不安，她的角落陰暗溼冷，牆角邊長著綠苔，她感覺自己的氣息虛弱，卻又顧忌著什麼無法移動自己的腳步。

「那時，你抬起臉孔，朝我這邊望了過來。」

老姊說著她的童年記憶。記憶裡有我，但我卻不曉得。

嬰兒的瞳孔注視著老姊，帶著玫瑰色的臉頰，她不發一語地看著我，感覺肌膚上的皺紋舒展開來，等到她意識過來時，她的嘴唇微微一抿，露出了淺淺的笑容。那時，老姊說，她的歸屬感才漸漸湧上，身為家中女性成員的一部分，她應該將過多的思慮拋諸腦後，僅需要曝曬在陽光中，如同阿姨們腳邊蜷著身子的貓咪，慵懶地打呵欠，享受半夢半醒之中，與現實脫節的游離狀態。

僅此而已。

但老姊的快樂維持的時間並不久，她很快地回到屬於她的角落，如同退潮的海水，退潮的老姊。

日漸長大後，我成為溝通著老姊與家中女人們之間的橋梁，一位稱職的翻譯員，將老姊的擔憂以及女人們的樂觀綜合內化，試圖調和雙方之間過度極端的性格差異，我曾經愉快的向老姊說明這件事。

「白癡。」老姊說，對我自以為是的看法翻著白眼。

我知道她的話語中帶著輕微的不屑，一種嘲笑，嘲笑著我對她過於輕薄的認識，我聳聳肩，將她的惡意從肩膀上抖落。

很難有人真正了解老姊，她的思想令人碰不到底部。

漆黑底下仍是漆黑，沒有盡頭。

✽

《仲夏草原組曲》響起的時候，我正從工作裡回過神。

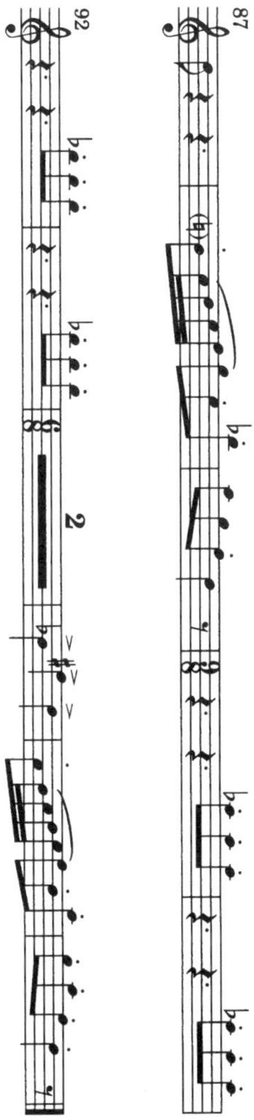

老姊從剛結束戰事的北安普敦戰爭返回她的國度，象徵白玫瑰的約克家族讓紅玫瑰蘭開斯特吃了敗仗，橋上、泥濘裡、城門旁、石板地上躺著死去的士兵，血流成河，一旁散落著兵器。有些人開始收拾殘局，將屍體裝上木板車，蓋上茅草，運送到郊外掩埋，老姊的魂魄身在戰場中，不斷進行著靈魂回收的工作。

老姊說，靈魂回收是一件極度神聖的工作，他們必須了解靈魂的身分、性別、生平，以及死亡原因，接著帶領所有靈魂認識死後的世界。

「父親是不是患有憂鬱症？」

「我不知道，他是心肌梗塞而死的，為什麼這麼問？」

「沒為什麼。」

「為什麼你總是這樣沒頭沒尾地問問題？」

「你想說什麼呢？」

「這種話不是應該由我來問你嗎？父親死時，你一點忙都沒幫對嗎？」

「……」

「我和母親忙著處理他的後事，母親因而辭去了工作，我邊工作邊打點一切，忙到沒有時間悲傷，我好想悲傷，但我連悲傷的餘裕都沒有，但我真正在意的是母親，我不曉得失去了工作重心，丈夫又過世，她能不能獨立生活，那時你在做什麼？」

「我很難回答，況且，你只需要針對我的問題回答即可。」

「那為什麼突然提起父親的死？」

「沒有任何原因。」

有時候，我感到生氣，因為老姊的想法實在太令人難以捉摸，也許她想找出真正使她感到憂傷的原因，會不會來自父親那邊的遺傳，但老姊問的問題總是沒頭沒尾，明明正和她說別的事，卻突然說起這番話。父親有憂鬱症嗎？可能吧，父親時而溫柔、時而性情暴戾，有時會無來由地發脾氣。

印象中，母親曾說過，某個午後，父親曾正襟危坐於客廳沙發上，和她嚴肅談論自己罹患憂鬱症的可能，他告訴母親，自己憂鬱的來源或許來自遺傳，也或許來自時代悲劇。

阿桃的電話是父親痛苦來源，但父親卻又不得不接起電話，我想父親和阿桃，就如同我和老姊，某方面而言，我心裡有種不得不接老姊電話的使命感。然而本質上，這兩件事仍舊有所不同，至少，就我所認識的老姊，她並不會和阿桃一樣情緒勒索，老姊只是維持她的冷漠及與世無爭，維持講述她比真實人生可愛得多的虛構情節，包括戰爭，包括她令人費解的死後職涯發展。

阿桃卻完全相反，她的真實人生比她嘴裡編造出的人生過得要好上許多，換句話說，她總像是個偽受害者似地，每日向他人訴苦。此外，她所講述的內容大同小異——十六歲嫁給父親的父親，少妻配老夫，她心裡始終過不去，也因此和老家家人關係破裂，阿祖從小重男輕女，只疼弟弟，不疼阿桃。

小時候，弟弟爬上樹，從樹上摔下，腳被一旁的鐵桶割傷，傷口汩汩流出鮮血，阿桃找來一旁一朵杜鵑花，拿了粗麻繩，將花朵覆蓋捆綁在傷口上止血，隔天傷口便完全癒合，比拜拜還有效。阿桃還記得那朵杜鵑，但弟弟卻從未感謝過她，世界上怎麼會有如此忘恩負義的人，這人還是她的親弟弟。

父親聽完阿桃的訴苦後，更加痛苦不堪。

他不知道該如何回應阿桃的故事，也不知道阿桃真正期望他做些什麼，難道是要和舅公討人情嗎？他該如何向舅公說起那朵杜鵑？

痛苦的父親只能把憂鬱訴諸於母親，滔滔不絕地向母親陳述阿桃失真的記憶，此外，父親對母親說，他曾見過阿祖，阿祖是個很好的人，他也曾見過舅公，舅公也是個很好的人。

反倒是舅公和父親說，阿桃凶悍的個性眾所皆知，小時候，阿桃被學校退學後，整日騎著一臺腳踏車，橫越小鎮的菜市場、雜貨店，逢人便到處宣傳學校老師害她有多委屈，是她主動離開學校、拒絕受教育，並非被學校開除學籍。

他願意相信舅公的版本。

母親耐心聽完父親滔滔不絕說話，喝完茶杯裡的水，時鐘指針在偌大客廳裡滴答作響，寂靜將整個時空凍結。父親的話語激昂、綿長，過去的記憶編織成詞句，如一卷織縫緊密的宣紙畫，攤開在母親眼前，他控訴著阿桃的失職、無能，控訴著家庭殘破的缺口，並將人生的失意與絕望和此畫上等號。過往的時間流水與現在纏綣交織，彷彿它們互有關聯，但卻又各自獨立。

母親默不做聲，停頓許久，接著起身拿起記帳本，不疾不徐算起帳來，她耳裡邊聽著，又一邊按著計算機上的數字方塊。她慷慨地付出了她的時間，容父親置放自己的過去，她的時間無所不包，如一片溫柔的海洋，但同時，卻又保有自己，映照出天空的顏色，讓世界的上與下，合而成為一個完整的圓。

母親將每一筆家裡的支出、收入，加加減減後，用藍色原子筆寫在帳本上，她額頭出汗，髮際溼涔涔，無名指上的結婚戒指閃爍，圈著指節不放。

她的模樣認真、務實，真正地活在當下，記帳本上寫著時間。

大大小小生活日用品的支出，成為藍色的筆畫，母親是海。

自此後，父親未曾提起他的憂鬱。

❊

「這可能是我最後一次打電話給你了。」

「什麼意思？」

「很難向你解釋，但我得離開現在這份工作。」

「你說，真正的離開人世嗎？」

我伸手探入櫃子深處翻攪，塵埃騷動，憂心過敏發作。

邊接著老姊的電話，雙手翻了許久，終於從櫥櫃找出一個紅色布袋，就窗外投射進來的微弱光線，我愣眼瞧了瞧紅布袋，布幔上印著祥發銀樓四個字，筆畫已隨時間而斑駁，「羊」上脫落兩撇，依稀可見輪廓。抖了抖布袋，一塊「永保安康」的金牌滑入掌心，金牌零點三五克，一旁使用紅色的中國繩串了四顆綠色的珠子，左右對稱。

滿月金飾是爺爺送的，他從銀樓買了金飾送給我和老姊。

雖然不知道為什麼必須在這個時間點找出金飾，還給奶奶阿桃，但既然阿桃開了口，我好像就得要聽從，父親從前也是這麼做的，雖然在電話另一頭大吼大叫，但掛上了電話，他仍然乖乖地按照阿桃的吩咐，去郵局匯款給她。彷彿必須如此，人生才能平安順遂，像是爺爺送的滿月金飾一樣，永保安康。

滿月金牌又薄又脆、邊角銳利，閃爍光芒，割著掌心。

我將金牌置於溫暖的掌心，反覆翻看。

「在這裡的世界，有些觀念是相反的。」

「你誤以為的悲傷，其實是快樂，而真正的快樂，背後卻暗藏悲傷。」

「姊說話仍舊難懂。」

「只要模模糊糊有個輪廓就好。」

奇怪的事情是，在櫃中翻來覆去，我只找到了一塊滿月金飾。母親曾說，她把我和老姊的金飾都放在同一個紅絨布袋，但我看了許久，裡頭確實只有一面金牌。太久沒有清理，櫥櫃底層有一股濃重的霉味，隨著我將物品翻攪而出，不斷地撲面而來，物品幾乎都是母親的，自父親過世後，她打掃房子的頻率下降許多。

我邊思索著老姊的話，邊持續手邊的動作。

也許她是要告訴我，死亡並不是真正的離開。

《仲夏草原組曲》播放至第三樂章，北安普敦嘉年華，高音聲部與內聲部華麗地開場，十六分音符為整首樂曲訂定基調。接著，次中音笛演奏出主旋律，輕巧且引人入勝——這首樂曲我已聽第十三遍，每聽完一次，我就在便條紙上記下一個正字標記。

我還記得，父親去世之前，老姊整日閉關在他的書房內，聽著父親留下的CD，她沉浸在這首樂曲中許久，隔著書房的木板門，都能聽見樂曲的旋律。她彷彿成為第二個父親，整日埋首研讀書架上的樂譜、解讀潦草的筆跡與神祕難懂的義大利音樂術語，她緊鎖眉頭，手上揣著一本綠色硬殼、金邊紙頁的音樂辭典，像位忙碌的學者。

那些音樂旋律緩慢且憂愁，與老姊乾皺的臉頰相互映襯，使得家裡籠罩在某種灰色、幽暗的低氣壓裡，但卻又能在木笛溫潤的音色裡聽出溫暖，夾雜在沉重而衰老的音符中，不時閃現。

自從接到老姊的電話後，我也開始聆聽《仲夏草原組曲》。

想著一四六〇年代的北安普敦戰役，死去的姊姊，以及死去的父親。

某部分，我得承認老姊的話真的有半分道理，《仲夏草原組曲》不只呈現了戰爭的灰暗與憂鬱，裡頭還有快樂與原諒，光明與黑暗像是一把刀子的兩面，沒有一面呈現不出另外一面。

父親死去時，我流不出一滴眼淚，但不曉得為什麼，當老姊自殺後，我卻止不住地流眼淚，根本無心工作。老姊好像把她的悲傷遺留給我了，性格裡的陰鬱根深蒂固附著在身上，像皰疹，又癢又痛，遍布嘴角、嘴唇、鼻子、下巴，使人敏感，使人皮膚莫名破皮、潰瘍，我很想對她生氣，將所有負面情緒全怪罪於她的死亡，但不曉得為什麼，內心的空虛感使我提不起勁，連發脾氣都十分困難。老姊的缺席如一道傷疤，狠狠地使人碎裂，我彷彿知道她的惡意，但又理解她惡意裡的無心。

死後，老姊的個性一樣任性，莫名其妙打電話給我，又莫名其妙說走就走，我必須適應她的存在與缺席，那種感覺像有人硬生生從背後將脊髓抽出一般難受，但死亡彷彿就是這麼一回事，有時真正受苦並不是死者，而是與死者有著強烈羈絆的生者。

母親的房子很久沒打掃了。

時間凝結在特定的時刻，積滿灰塵，日光燈泡裡有幾隻蚊子屍體，圈在光線下，不知死去多久。我莫名地想起了阿桃的房子，想起床褥底下那些蟑螂的屍體，恐懼便如一隻斷裂的手掌，一節一節地爬上背脊，冷汗直流。我心裡想，等我將滿月金飾還給阿桃之後，要來好好地打掃房子，將灰塵抹除，讓房子恢復它原本的樣子。

她是一個快樂的母親。

母親的陽臺充滿生機，綠意裡有快樂。

光線裡的小陽臺有一群談笑風生的阿姨們，她們眼角充滿魚尾紋，黑頭髮藏著幾撮白髮，時間在她們身上輕輕踏過，但阿姨們似乎不甚在意，母親坐在她們之中，笑得很快樂，那是我所認識的母親。

許久之前，我接到阿桃的電話，阿桃和我說，母親在生我之前還有過一個孩子，但分娩的時候死產，臍帶環繞嬰兒的頸部，一出生就沒了呼吸。我並不知道阿桃和我說這些話的用意，她指的顯然不是老姊，老姊是我的親生姊姊，我和她一起度過了三十年的歲月，我和老姊個性截然不同，長得也並不相像，但某個層面而言，我卻覺得和老姊像孿生姊妹。老姊總能替我說出心裡真正的聲音，而我想，我也說出了老姊的快樂。老姊是快樂的，正如我的憂傷一樣，她不用說出口，我便能感覺得到，我和老姊就像互相照鏡子，總是左右相反。

阿桃到底想說什麼呢？

她想暗示老姊是根本不存在的人嗎？

老姊是自殺而死的。她的後事是母親處理的。

但老姊的生命卻像是從未存在一樣，似乎沒有人記得老姊。有時候我想，人類只是不擅長記憶生命中的灰暗罷了，只要有個人稍加提醒，那人們便會想得起來，陰影裡還有一個孩子，或者應該說，老姊並不是原先就站在陰影裡面，而是陽光過於刺眼，她不過是走進裡頭乘涼。老姊就像打碎的玻璃杯碎片，輕輕在指肉間劃出一道傷口，雖流血，但並不多，人們反而會意識到光線下閃閃發亮的玻璃碎片，它形狀奇異，尖銳刺人、透明又易碎，但有時模樣卻莫名其妙地吸引人們的注視。老姊就是一個這樣子的人。

死去的世界裡，老姊置身在遠古戰爭中，現實世界裡也有戰爭，那是早於父親出生的年代，必須追溯回父親的父親。

爺爺是在我出生沒多久後才過世的。

據說，他寫了一手好看的毛筆字，第一屆黃埔軍校畢業，國共內戰時跟著國民黨渡海來臺，從此定居在此。原先在大陸有個元配，但來臺灣之後五十年沒聯絡，後來是否改嫁也未可知。兩岸開放後，爺爺曾回湖北老家尋親，但舊人幾乎都離開了，只剩下他的哥哥，兩人一見到面便抱頭痛哭，話都說不出來。

爺爺從臺灣帶了許多伴手禮，除了禮物之外，也帶了一些錢。家的樣子與過往完全不同，人不一樣，房子也不一樣。爺爺在老家待了兩個晚上，百感交集，床墊和五十年前當然是不同的兩張床。

爺爺待的晚上，和五十年前是截然不同的晚上，但奇怪的是，時空好似交疊融合在一塊，夜晚的內核裡有夜晚，黑暗的中心有黑暗，現在和過去交織在一塊，編織成一卷織縫緊密的宣紙畫，爺爺坐落其中，分不清楚時間真正的洞口在何方。

夜半熟睡時，遠房親戚的孩子靜悄悄地攀到了爺爺身邊，朝他褲裡口袋摸東摸西。爺爺當然馬上驚醒過來，他眼睛睜得可亮了，事實上，他從未真正熟睡過，就連住在臺灣的時日，他也時常難以入睡。孩子從爺爺身上摸去了幾塊金子，冰涼的金子緊貼著他的大腿，他感覺到那陣冰涼的感覺褪去，接著孩子就無聲無息地離去。

爺爺讓孩子偷，他知道只能讓他偷，家早就不是從前的家，他沒有家了。

孩子摸走金子的時候，他的眼淚止不住地落下。

眼淚像散溢出邊緣的水，沾溼了他頸下的襯衫。

不知道爺爺的憂鬱症，是不是從那時開始的，回臺灣之後，他陷入憂鬱漩渦，面對阿桃也無能為力，只有挨打的份，他沒有家了。從此之後，爺爺也未曾再回過湖南老家。

「活著與死亡，許多時候只是一個相對概念。」

「嗯。」

「我死了，那並不代表意義上的死亡。」

「嗯。」

「我會想念你的。」我說。

「你不懂我真正的意思。」

「在這個世界裡頭，想念的反面是活著。」

我可能這輩子都無法理解老姊真正的想法。

她自相矛盾，語意模糊且曖昧，總是自以為是地妄下判斷和結論，但她終究是我的老姊，是那個自以為是但卻深愛著我的姊姊。父親曾說，這孩子生來老成，思想多慮且成熟，少年白老早就生出來，往後的日子可能會很難過，父親不知道的是，老姊其實很快樂，雖然沒有受到永保安康的祝福，但老姊做出了自己的選擇。父親死於老姊之前，他記憶中的老姊，是活在真實世界的老姊，和意義世界裡的老姊並不相同。

我並不曉得，老姊在那世界中有沒有再次見到父親，她什麼話都沒對我說，甚至連為何打電話給我的理由我也參悟不透。

老姊只是來了又走，走了又來，她說開始，那便開始。

結束也是那麼草率且突然地，就和她的死亡沒兩樣。

老姊不再打電話之後，我想，我可能再也不會接起阿桃的電話。

沒有特別的理由，但總覺得事情是這麼一回事。

最奇怪的事情是，《仲夏草原組曲》從此之後再未響起，電話鈴聲只是鈴聲。

 # 木笛合奏樂曲音樂聆聽：
仲夏草原組曲

《仲夏草原組曲》由 Lyndon Hilling 所作，Lyndon Hilling 擅長演奏低音管、木笛和鋼琴，他於一九七六年時任職於倫敦北安普敦郡音樂學院，並在此期間創作不少樂曲，《仲夏草原組曲》取材自北安普頓戰役，共分爲三個樂章，描述戰爭發生的過程及結束。

記憶管理員

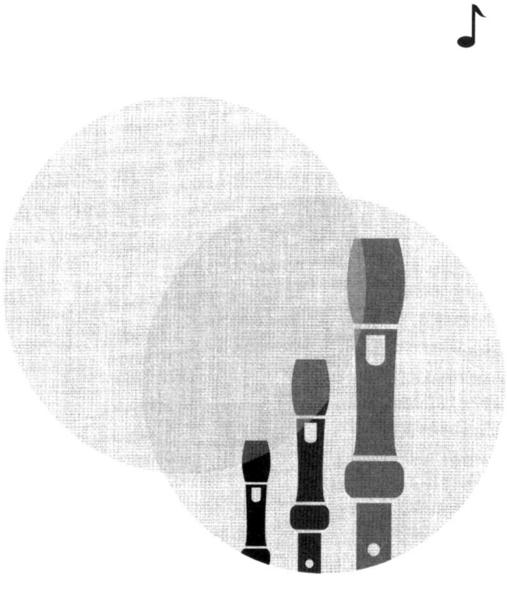

陳惠敏站在門外，靜靜覷著房內，母親的背影被珠簾切割，飄忽如鬼魅。

母親房裡有個鏡臺，鏡臺豎一張水銀鏡面，鏡框刻著明月花草，下方陳列六格抽屜，裡頭放著金飾珠寶，她端坐於鏡面前梳頭髮。房內價值連城的寶物、鏡臺，皆為當時嫁入陳家時娘家給的嫁妝，但自從母親疾病發作後，金飾珠寶便不知去向，抽屜變得空蕩蕩，桌面灰塵滿佈。

母親告訴陳惠敏，她擔憂父親偷竊拿去變賣換錢給外頭小三，於是將它們藏起，死都不肯說出放置的位置，父親知曉後勃然大怒，氣急敗壞又摔破一個玻璃杯——這是第四只了，陳惠敏再也無心亦無力添購，破就破吧，父母兩人半夜吵得不可開交，她不想再過問，轉頭將書房又清掃一輪，書房後頭堆疊厚厚一落宣紙，是母親閒暇時畫水墨用的，她喜愛聞毛邊紙的氣味，寧願躲在書房不肯步出房門。

父母吵得激烈的時刻，陳惠敏時常錯覺毛邊紙刷過眼前。軟綿的紙彷彿成為刀，「刷——刷——」地刮過眼球。

母親拿起鏡臺前的粉餅盒，內有藕色、紫色、粉色三格，粉餅經多年使用而凹陷，露出塑膠底部，她捻起粉撲沾了貼近己身的藕色，將額上那一條鮮紅綻開的疤隱去，一點一點，將粉末摁入傷口，對外人而言，若非仔細端詳的話看不出痕跡。

她任蓬鬆瀏海吹落，如簾遮蓋，接續搽上眼線、眼影、睫毛膏，最後是口紅，母親望向鏡中的自己，滿意地對自己笑了笑。

上一秒才與父親在廚房刀劍相向，翻起陳年舊帳，撕心裂肺地控訴四十年來備受冷落、欺侮，辛苦拉拔陳家三子女長大成人，血汗錢竟全被父親拿去包二奶的委屈；下一秒彷彿換上另一張面具，鏡面水銀塗層上映出另一個女人，妝容完整，淚溝裹滿厚粉，嘴角咧出一抹笑容。她正準備出門，拿前一陣子畫的水墨摺扇發送給書畫協會的友人，當成過年賀禮。

陳惠敏站在房門外觀察著，看著眼前拉拔自己長大的女人，情感上難以接納她是自己的母親，比起母親這個社會角色，她更覺得眼前坐著的是一個擁有兩張臉譜的陌生女人。

事實上，早在精神科醫師嘴裡說出「思覺失調」病名前，她就常因父母吵架而往返臺北與嘉義，禮拜五結束二二八紀念館的庫房工作，便趁著黑夜搭火車連夜趕回老家，有時如果母親電話哭訴的嚴重，平日也得回去，這樣一段辛苦的日子持續近一個月。

回到家後也沒能做什麼，只是傾聽各方說詞，試圖理解（或者不理解）發生了什麼事，她就只是「存在」，像布幕背景一樣存在於家裡，偶爾站在母親房門外觀察她，深怕她又想不開拿刀片自殘。

母親生病後性格大變，從年輕時代一名顧家的溫順女子，成了外交手段良好的花蝴蝶。每日下午，她化完妝便去附近的藝術基金會與人交際，隨身攜帶自己繪製的水墨扇子送人。藝文是妝點政治的粉末，她樂此不疲，與眾多檯面老畫家、政治人物關係良好，陳家任何人都沒預料到母親的轉變。

陳惠敏每週往返臺北、嘉義兩地，內心疲憊不堪。

她的工作交接進度延宕，預定畫的作品也沒能完成。

家成為秩序混亂的源頭，風暴一次又一次撞擊，且不知何時爆發，惴惴不安的情緒使她精神耗弱。好幾次，她想下定決心不管家務事（實際上她也管不著），決定到事情一發不可收拾才管，但怎樣的程度算一發不可收拾？母親向法院聲請家暴法保護令？父親負氣離家整整一個多月不見人影？家裡飼養多年的 Lulu 被父親毆打母親的聲音嚇到尿失禁？她什麼都說不準，什麼也不想說，陳惠敏是家中長女，從小到大許多家務事由她主持。即將步入中年，雖也見過不少社會風浪，但面對混亂的陳家，她還真不知道該做些什麼。

她轉身離開母親房間，不想持續盯著她瞧，確定她沒事之後就可以短暫離開，繼續去別處忙自己的事。這時，手機 Line 群組傳來聲響，螢幕上寫著靜芬捎來的訊息：

「胖子又在亂發脾氣了，把工作隨便丟包。」

她對螢幕靜靜張望一會，內心想哭泣，但此刻卻一滴眼淚也擠不出來。

陳惠敏思索一陣，決定已讀不回。

這瞬間，她難以再消化更多他人的情緒，包括靜芬。

靜芬是即將接手庫房工作的同事，前陣子陳惠敏向館長提交辭呈後，靜芬就被面試進來，負責後續管理。靜芬年紀大，左耳嚴重重聽，如果未戴助聽器，說話者必須靠近她繭般彎曲的耳，將一字一句說得字正腔圓，否則她會歪頭看你，嘴裡含糊說著她聽不清。

有時，陳惠敏想，靜芬左耳失聰不見得是壞事。

靜芬長她好幾歲，動作遲緩，也無任何相關學歷與背景，在紀念館中能做的工作頂多是志工管理，文物整飭的工作根本無力負擔。靜芬失聰，聽不到胖子對同事的情緒發洩。胖子是辦公室惡名昭彰的同事，領國家俸給卻無半點生產力，總將工作推諉他人，陳惠敏也曾是受害者。

隔了約莫十五分鐘，靜芬的對話框內又再次跳出訊息：

「胖子前一陣子收到黑寒，聽說是志工檢舉的。」

靜芬的訊息總是簡短，時距間隔長，打字對她來說有困難，她都趁午休時到廁所語音輸入，有時會有錯字，比如黑「函」。陳惠敏沒有糾正，她明白靜芬的處境。

她擱下手機。

「希望靜芬熬得過去。」她心裡想。

她擔心靜芬，也擔心庫房內的文物，許多時候想問問靜芬，但尚未拋出疑問便又吞回肚裡，她當然知道沒有受過任何一點文物保存訓練的靜芬，哪有能力處理庫房內堆得亂七八糟的文物。那是臺灣沒錢沒勢的小型場館普遍面臨的悲慘現實：經費拮据、人員缺乏訓練，如果又遇到像胖子這樣的黑心館員，紀念館便等同一灘死水，餵餵蚊子即可，別想談論任何一點社會貢獻的鴻圖大業。

陳惠敏剛接手進入庫房時，按著庫房外的密碼鎖，將玻璃門打開後，一陣腥濃的霉味撲鼻，她連連咳嗽。望著眼前三間凌亂不堪的庫房，感覺自己走入巨獸的胃袋，裡頭只有黑暗。

她花了半個月的時間打掃庫房。

將桌面整理乾淨、器具歸位，拖掃好幾次地板，也用抹布擦拭灰塵滿佈的櫥櫃。庫房簡直太髒亂，她的過敏頻頻發作，眼睛持續紅腫一個禮拜。

接著著手整理工作區域。

她在工作桌面擺上切割軟墊，一張大、一張小，讓文物能在此處進行基礎維護和簡易修復。一旁的筆筒內，插入從家中帶來的嶄新排筆刷、牛骨壓線棒、竹籤片、美工刀、鑷子……供文物基礎保存維護時使用。她美術背景出身，熱愛攝影，底片的保存方式和紙質類的基礎保護近似，她隱隱約約有個概念，便自己帶來不少工具進庫房使用。有時當不確定該使用何種工具、何種保存方法，便上國外圖書館查詢紙類基礎保存、維修的示範影片，或者紙質修復工作坊的文獻，邊做邊學。

工作區後方，除了辦公櫃裡放置著無酸膠帶、標籤紙、鐵尺、布手套，以及鹿膠和幾罐溶液之外，陳惠敏不知從何處找來一根鐵棍，將一整捆Glassine掛於其上，無酸檔案夾紙與瓦愣紙版置於前，開闢了新的區域，方便自己拿取。最後，她找來衣架，將工作用的白袍掛在工作區最顯目的位置，方便她穿著，接著才能開始整飭文物。

庫房裡有上萬件文物，大多為紙質類，集中在A庫房，紙質類中有一半為葛超智的遺物。她曾讀過葛超智的資料，葛超智是一九四五年美國駐臺領事，二戰後被派駐臺灣，為二二八事件的重要見證者。他所書寫的《被出賣的臺灣》成為臺灣獨立運動的重要思想書籍。

葛超智晚年落魄，將畢身研究書寫稿件、書籍及檔案變賣，全裝在木製的檔案箱內，大大小小加起來約二十個，裡頭包含手寫稿、打字稿，以及葛超智的珍貴藏書，一部分的檔案被二二八紀念館買下來，收進庫房內。

庫房內的另一半文物，則為二二八受難家屬捐贈的衣服、獎狀、書籍、生活用品……，全部亂七八糟堆在架上，多年來無人整理。

陳惠敏戴著口罩，將這些灰塵滿佈且爬滿蠹蟲的物品清潔、分類及盤點過後，同步編列進館藏清冊。許多捐贈物已被收入庫房多年，無奈館內人力管理不足，因此累積多項不明物件，陳惠敏職位的前同事說，它們都是無名鬼，找不到家。她一開始聽到後有些惱怒，久了卻也能同理，在庫房內永無止盡的勞動工作消磨館員的體力和精神，而且憑一人之力根本無法整飭完畢，任誰都會受不了。

有時她覺得，自己只是憑著一股不忍心的心情，將文物歸類。

文物不能是無名鬼，她會努力幫它們找到家。

結束一天的工作後，陳惠敏總腰痠背痛、疲憊地返回住所。

雖然辛苦，但某方面而言她感到很愉悅。

她希望某天嘉義老家的父母親也能明白自己的工作，如果能多在乎她一些，多少理解一些她的處境，也許便不會拿著陳惠敏高學歷卻低薪的處境說嘴。她也終於能擺脫父母親夜半電話的訴苦——彷彿陳惠敏不成器，承接父母親苦楚便成為她必須負擔的工作。

「我為家庭付出得還不夠多嗎？」

電話裡，父親語氣越來越大聲，幾乎成為怒吼。

「每天忙東忙西，怎麼可能外頭還有女人？」他接著說。

陳惠敏小心翼翼地開口。

「但媽說，她親眼看見你和女人見面。」

事實上，母親的正確說法是：「我親眼看見小三與那賤人勾搭，他這死賤人到底要做什麼，有種就拿出手機讓所有人瞧瞧，Line 對話訊息裡常出現的女人不就是小三？」

陳惠敏回想起母親的話，背後一陣寒顫。

「你媽神經病，每天沒事做，只會胡思亂想。」

「她應該也沒有這個意思，事情弄清楚就好了。」

「事情一直都很清楚，是她把事情弄得一團亂。」

電話另一頭一陣沉默。

「惠敏，你是家裡最乖的小孩，來為爸爸評評理，不要相信那個瘋女人的胡言亂語。」

她按掉電話，揉了揉太陽穴，決定去廚房替自己泡杯熱茶。

她不想聽兩造的說詞，但卻不得不聽，她不想見著父母傷痕累累的那面及幼稚可笑的爭吵，但因為她的不成器，因為她的不符合社會期待，拿不出更多的閒錢貼補家用，她彷彿得承接這些，是嫌她不夠忙嗎？為什麼不去找志豪和惠馨講這些，偏偏就是她？庫房裡文物的情況夠她忙好一段時間，五月分文化局的人要來盤點，她得在那之前盡可能將工作進行至一個段落，沒有太多時間處理家務事。

陳惠敏長年北漂、遠離家鄉。

文化圈的工作時常不穩定，她換過好幾次工作。

剛來到紀念館時，有點適應不良，但等庫房秩序上了軌道，卻也逐漸習慣。

直到那日許久未聯繫的妹妹陳惠馨在她的Line裡丟下一則訊息：

「母病，速回。」

她躊躇許久，最終決定從紀念館離職，返回嘉義老家。

她心裡有股強烈聲音驅使她這麼做。

❀

「母親在家裡和外面判若兩人。」

陳惠敏拿起晶送給她的CD，緩緩放入播放器內，過不久後音響傳來劉鐵山、茅沅所作的〈傜族舞曲〉，她跟著輕輕哼唱起來。

「……我觀察好久了，她在家和爸爸不斷翻舊帳吵架，並懷疑他出軌——先不管有沒有出軌的事實，她不斷挖坑讓他跳，就算沒有出軌，但她的這種態度和做法，只能讓事變成真。」

「嗯。」

「……但是，只要出去外頭、化上妝，和人社交聊天時，又變得非常正常，看起來一點異樣也沒有。」

「關於這點……我和心理醫師聊過了。」陳惠馨回答。

她一手端著水杯，一手摟著馬爾濟斯Lulu，牠吐著舌頭動來動去。

「我描述了媽的所有症狀，醫生說這很有可能是思覺失調，而且是後天觸發的，因為我們家並沒有人有這樣的病史……但還是要現場看到媽的情況才能判定。」

「怎麼看，難道要帶她去醫院？」

「對。」

「怎麼帶她去？她根本沒有病識感，她覺得自己說的才是事實，甚至還轉而指控是我生病。」陳惠敏有點惱怒地說。

陳惠馨聳聳肩。

「我也覺得很困難，連提也不敢提，她的情緒太爆炸了，把所有身邊的人都視為敵人。之前我用失眠當藉口，將醫生開給我的藥給她，結果她非常敏銳地發現了，你知道她的反應是什麼嗎？」

「如何？」

「她把所有的藥都丟進Lulu的飼料裡！」

「我已經快被她搞瘋了，瘋到我開始覺得家裡唯一正常的只有Lulu！」

「唉。」

陳惠敏坐在沙發上，閉起眼，暫時停止接收資訊。

她聽著晶演奏的專輯音樂，試圖忘掉陳惠馨的話語，轉移自己的注意力。

晶曾和她解釋過，〈傜族舞曲〉原先是改編給管弦樂團演奏，而後才被臺灣作曲家再次改編成木笛合奏團的版本，這首樂曲困難之處在於速度會不斷變化，因此必須緊緊跟著指揮的雙手，並試著將樂器盡可能地貼近國樂的音色和演奏語法。
她仔細聆聽，試圖找到晶的聲音。但此刻，她卻沒有辦法在眾聲喧譁中找到晶。
「臺北的房子退租了嗎？」
「咦？什麼？」
「臺北的房子啊，不是自己一個人住嗎？房租有拿回來嗎？」
陳惠馨疑惑地問，陳惠敏停頓了一下才明白妹妹的意思。
「處理好了，不用擔心。」
「那就好……工作呢，確定離職了嗎？」
「我已經遞辭呈給館長也被批准了，但還有一些交接的工作沒那麼快，可能還要再回去幾趟收個尾。」
「好，我覺得可以休息一陣子，再找新的工作。」
「我也是這麼想。」
陳惠馨起身、離開沙發，準備幫 Lulu 弄晚餐。

有一陣子，每到晚餐時間，她常常和晶聊起庫房裡的一張照片。

那是一張保存在Printfile無酸保存檔案夾內，二二八受難者林界的照片。

照片於一九四二年拍攝，林界和妻子胡錦華在臺中公園合照，妻子一旁坐有另一名男性，面貌相似，看起來應有親屬關係，三人並排齊坐、瞇著眼望向鏡頭，畫面永久定格在這，後方是公園內知名的湖心亭。

明明庫房裡面有近千張的照片，不知道為什麼，林界的這張照片卻令陳惠敏印象深刻。她打算使用Glassine包覆在照片外，避免照片表面的明膠層融化，再接著於照片後背襯一張無酸紙，才放入檔案夾。

拿起鑷子，夾起約莫三分之一截指頭大小的黃色紙片，將紙片朝中心對折、再對折，紙的邊緣對上紙的邊緣，像封閉的心臟瓣膜，相互併攏無半點裂縫。

陳惠敏玉潤珠圓的指甲準確施壓於橫線，大略折出痕，再反轉鑷子，運用細密銳利的金屬器底部反覆刮壓，使摺痕清楚明確。最後，她去除膠背、黏上雙面膠，製作出一個精緻小巧的Corner，黏於另一張較大的無酸紙，讓相片邊角能固定其上。這微小、細瑣而看似不經意的動作，實為日積月累的時間及反覆訓練的成果，每一條經她對折的摺痕，呈現完美水平、垂直貌，無半點歪斜偏差，否則無法如此熟稔、俐落，那一直是她所擅長之事，精準、完美，秩序感的背後透露嚴格的自我要求，從小到大，她皆如此要求自己。

「林界有後代嗎？」晶問。

「有兩個女兒。」

「真可憐。」她略帶悲哀地說著，邊吃著陳惠敏切下的起司。

「你是指林界可憐，還是他的女兒可憐？」

「都是吧。」

「我不覺得林界可憐，相反的，我在他身上看到的是責任，而非可憐。」

「怎麼說？」

「他是冤死的，而且是為了眾多百姓而死的，因此我並不覺得可憐。」

「是喔。」

晶默默地點頭，對她的話題不甚感興趣。

陳惠敏心裡有點內疚，責怪自己把工作情緒帶回家裡，她用叉子翻攪著盤內的馬鈴薯塊，接著轉移話題。

「心情不好？」

「最近我的聲部一直練不好，有點喪氣。」

「哪一首？」

「〈傜族舞曲〉。」

「是樂團之前錄音過的樂曲？」

「對。」

「不是吹過了嗎，怎麼會練不好呢？」

「該怎麼說呢，不知道是不是我想太多……我很難理解國樂表達情感的方式，它必須拉扯弦律線，將音樂的張力做得很滿，我總是很難放得開去演奏，覺得揣摩不到位……可能聽國樂聽得太少。」

「原來如此。」

她們倆沉默好一陣子。

「你覺得……。」

「？」

「你覺得等下次音樂會邀請你的家人來聽，好不好？」

陳惠敏看著晶，心裡早有預感晶會這麼問，她喝了口氣泡水。

碗盤裡的菜空了一半，她嘴裡嚼著生菜，菜梗發出清脆的斷裂聲。

「再看看吧。」

話題戛然而止，她們沒有繼續談論照片，更沒有繼續談論音樂會，原因在於陳惠敏從未和家裡人說過晶的存在，並不是因同志身分而難以啟齒，而是打從心底覺得根本沒有必要，她不想與家庭之間的關係太過親密，也不想讓晶介入太多自己的家務事。

〈傜族舞曲〉到此時戛然而止，發出一道難聽的噪音。

吵雜的聲響在空氣中刮出傷痕，刺痛著耳膜，美好的樂音一瞬間被收束成尖銳扭曲的高頻音。

陳惠馨才剛打開飼料袋，倒了一些食物進Lulu的碗裡，立刻轉身查看，有點不耐地走向音響，大力地敲了敲，桌面狠狠被她瘦弱的手臂敲動震盪。

「又壞了？」

她皺起眉頭。

「奇怪，前一陣子陳志豪才拿去送修而已，怎麼又壞了。」

「可能太舊了吧。」陳惠敏嘆了口氣。

「也是，現在很少人在聽CD了，都是串流影音或Youtube……這播的是什麼曲子？」

「〈傜族舞曲〉，一首國樂。」

「滿好的，我覺得媽可能會喜歡。」

「也許吧。」陳惠敏想起了書房裡母親畫的那些水墨扇子。

「再找時間再去買一臺收音機。」

「……要買的東西可多了，廚房的杯子都不知道破了幾個……對了，你知道家裡的舊相簿放在哪裡嗎？我剛剛在書房收東西，想找相簿，但找了好久都找不到。」

「舊相簿嗎？應該在書房的架子上，怎麼了嗎？」

「我從工作的地方拿了一點零碎的無酸紙，想把幾幅照片包裝一下。」

「來，我帶你去。」

語畢，陳惠馨按掉音響開關，放下手裡的狗飼料，領著陳惠敏走入書房，房內有兩本厚重的家庭相簿，多年來被置放在書房的玻璃大櫃內，平時無人翻閱，上頭鋪滿薄薄一層灰塵。陳惠馨摸索著牆壁、找到電燈開關，「啪」一聲將室內點亮。

靠近房間底部，兩方大櫃矗立眼前，書房玻璃大櫃邊角嵌花，骨架上有不同的幾何紋路，整體色澤呈現乾漆本色，沉穩、黯沉，造型從容靜美，散發淡淡木頭香氣。透明閃亮的玻璃後方，裝著滿滿的書本，五光十色的書背縝密排列，大小不一的高度如城市天際線，蜿蜒起伏，每本書裡彷彿內藏人與事，讓人想駐足瀏覽一番。

陳家相簿放在右手邊最下層的位置，一、兩本背殼龜裂、泛黃，陳惠馨彎下腰，在櫃子內翻找，惹出一身塵埃。她摀著口鼻忍不住打了個噴嚏，陳惠敏這才想起來，小時候妹妹和她一樣時常過敏，原來姊妹倆都相同。

「爸媽兩人每天吵，我和你一樣受不了，就每天轉頭打掃。」

她邊說邊接著從櫃裡拿出兩大冊沉重的相簿，交給陳惠敏。

「廚房、客廳、浴室都重新打掃過了，剩下書房，我想去Ikea買幾個架子把所有東西都放到架子上，目前只先把一些東西移出來而已。」

「我們姊妹還真是心有靈犀。」

陳惠敏接過相簿，用手指摸了摸封面，翹起的暗紅色書皮刺痛著她的指尖。過往相簿並不是這模樣，因年代久遠而變形脫落，書背後的金色邊框掉了漆，且聞起來有一股沉重的霉味。

「你自己慢慢看吧，我先去廚房準備煮晚餐。」

「門不用關。」

妹妹走出門後，陳惠敏拉了鄰近的一張竹藤椅坐了下來。

書房內充滿雜物，中央有一張大桌子，上面擺滿母親繪製水墨畫時用的工具，晾在一旁的硯臺裡頭有乾掉的墨汁，毛筆筆尖染墨且分岔。書房角落有多年未清理的舊家具，陳惠敏打算趁這次回家時將它整理整理，壞掉的物品就清理出去——但此刻沒有那種心情，她想好好坐下來翻閱家庭相簿。

空氣中塵埃擾動，飛舞於日光燈泡下。

她默默地翻閱舊相簿，慢慢閱讀，像她在庫房工作時那樣。

相簿內的相片幾乎都是父親拍攝的，她還記得，曾有段時間，他買了一臺Nikon二手相機，走到哪就拍到哪。每到月底，他會將底片洗出放入相簿。

陳惠敏一頁頁小心翻著，接著在某處停頓下來。

那是一張在八卦山拍攝的全家福。

弟弟陳志豪年紀還很小，被抱在母親手上，他皺眉看著鏡頭，幾綹被汗水浸溼的頭髮垂於額間。母親比現在豐腴許多，燙著一頭捲髮，穿著拼接材質的長裙套裝，上頭佈滿碎花。父親手牽陳惠馨，他們站在臺階上，陳惠馨向鏡頭比了個YA，父親則穿著寬鬆的襯衫，上頭有一隻卡通圖案的猴子。

照片後方是一尊巨大的黝黑佛像，雙腿盤坐在蓮花上，雙腳間垂下袈裟，手部呈降魔印，雙眼閉攏且一臉肅穆——父親曾和陳惠敏說過何謂三世佛，代表過去、現在以及未來，三世佛又可以以空間、時間度量為橫三世佛、縱三世佛，橫三世佛是阿彌陀佛、釋迦摩尼佛、藥師佛；縱三世佛則為燃燈佛、釋迦摩尼佛、彌勒佛。佛教認為時間只是一種相對概念，它並不真的存在，了解過去就能知道未來——她不知道父親為何突然懂了佛法，他平素看來與佛法沾不上邊，但在她的記憶裡，父親真的向她說過這些話。

成年之後，每當陳惠敏拿著相機拍照的時候，她總是想起父親的話，攝影鏡頭喀嚓照下的時刻代表當下，但轉眼便成為過去，人們又如何從過去中知曉未來呢？

陳惠敏不在照片中，因為她是拍攝照片的那人。

她記得父親將底片相機交給她，有點沉，她盡可能不晃動。

她成為見證歷史的那人。

相簿中的其他相片，都是父親在市場做生意時所拍攝，那時他們家在市場賣五金雜貨，父親時常批貨至不見人影，母親假日便帶著陳家三個孩子擺貨、叫賣、撿貨和結帳：母親腰間掛著霹靂包、陳惠敏沉著冷靜地算錢、陳惠馨負責撿貨裝袋給客人、陳志豪則永遠狀況外，手上拎著一杯西瓜汁，嘴巴邊緣浮泛著西瓜渣、半粒西瓜籽。

她還記得，那時年幼的三個小孩穿梭在攤販中，一下矮著身子鑽過櫃檯，跑到外頭招攬生意，鮮豔庸俗的塑膠盒內裝著雙色排水管、鍍鉻水龍頭、塑膠S管、延長線、束帶、外角鐵、鋼釘、六角扳手……陳惠敏喊得又大聲又響亮。

工作閒暇之時，陳惠敏會獨自跑到市場的另一頭閒晃。

曾有一次，市場中央不知誰找來脫衣舞孃跳豔舞，她身上圍一件浴袍，每走兩步便展開袍子，露出深色內衣，清涼的薄紗隨風飄蕩、若隱若現。圍觀的群眾吹口哨叫好，一群人喊著「脫、脫、脫」，她觀察著女人渾圓的胸部、以及化著異常誇張的濃妝，她的表情非常享受在群眾觀看的視線中。

直到最後，女人索性脫掉袍子，在地板上跳了起來。頻頻靠近一旁的阿伯，在他身上磨蹭又磨蹭，充滿濃濃的性暗示意味。位於舞孃下方的阿伯發出熊般的怒吼，迴盪於空中。女人晃得更大力了，群眾鼓譟，歡呼聲越來越大，一旁收錢的阿姨眉開眼笑接過人們手裡的鈔票，錢被人們出汗的手心揉捏得皺爛。陳惠敏蹲坐在地上，眼前是人群的雙腳，她在小腿和小腿的縫隙間看得臉紅心跳，但又充滿好奇，她目不轉睛地盯著場中央的脫衣舞孃。

音響放得震天價響，每一個震動都震得她無地自容。

如今，陳惠敏不由得噗哧一聲笑出來。

家庭相簿裡，竟然有脫衣舞孃的照片。

原來那個時刻父親也在現場——而且就站在她後面不遠的位置。

脫衣舞孃照片的旁邊，是她和母親的合照，母親那時看起來較圓潤，照片裡，她正蹲下身子摸著陳惠敏的額頭。那時她在鑽出層架時磕到頭，額間撞出一條血痕，她沒有哭，只是安靜走回五金攤位，見著母親便喊一聲痛。

「沒事，沒事，塗塗口水就好了。」母親如此安慰。

父親正好載貨回來，頸間掛相機，拍下那一幕。

陳惠敏身著一件粉色碎花小裙子，背對鏡頭，頭上綁著公主辮。

賣五金雜貨那陣子，母親最器重她，因她精明能幹，算錢總是算得精準。

「還是姊姊可靠。」

陳惠敏曾聽母親對弟弟和妹妹說過，她接受這份讚美。

年幼的陳惠敏按著鍵盤碩大的電子計算機，換零錢、找錢、登記收支、每日結算……螢幕顯示一筆又一筆數字金額「答——答——答——」，她時常覺得數字的筆畫像水墨，永字八法中的點、橫、豎、鈎、提、彎、撇、捺，邊角收尾銳利，線條均勻，因而有一陣子學校考卷上的學號，陳惠敏都寫得像計算機上按出來的數字，「陳惠敏，一年五班三十二號」，數字方正又一板一眼。

寫的時候，字跡彷彿飄來隔壁攤販金黃炸雞腿的香味。炸雞店在家裡五金攤位的隔壁，雞腿放在暈黃燈光下保溫，脆皮落滿鐵架，有些呈金黃色、有些呈棕色。許多主婦站在攤販前，掏出零錢，接過裝著雞腿的油膩土色紙袋。記憶伴隨著如此具體的感官氣味而來，她成年後仍能記得那個味道。

相簿裡的最後一張照片，是一張糊了的佛像。

看起來像是照壞的相片，裡頭沒有人物，不知什麼原因卻被洗出來。她已忘記是自己拍的，還是父親拍攝的，或許也不太重要。她闔上相簿，將它放回架上，整個人沉浸在回憶中。

約莫二〇〇二年左右，陳惠敏升上國中，收攤後大夥返家，回到家後，母親突然私下將陳惠敏叫到房內。才一關上房門，母親突然變了一張臉，指著陳惠敏身上學校制服的紅色短裙，厲聲質問，語氣尖酸苛薄、嗓音尖細刺耳，斥責她的不要臉、心思不純正：「裙子穿那麼短，是不是想勾引男人？」

陳惠敏聽得一頭霧水，尚未意會過來發生什麼事，母親一個巴掌就甩上臉頰、又熱又燙，她的眼淚瞬間潰堤、撫著臉。看著母親慘白的面容，太陽穴青筋跳動，她從沒見過母親這模樣。

房內充滿鱷魚牌電蚊香的氣味，角落發著綠光，光線被無盡放大，直至漫出了記憶中的房間，她整個人好似潛游在螢光綠的游泳池內，無法跳出泳池的邊框。鏡臺映出母親的背影，瘦弱、細小，乾癟蝴蝶袖勾出手臂骨頭，她看不見母親的臉，只看見一個既陌生又親近的倒影，臉頰又燙又熱。

那是她人生第一堂性教育課，自此知道短裙不能太短。

她從未將這件事告訴其他人，就算說了又能如何？以弟妹們的年紀而言尚未能理解發生什麼事，告訴父親恐怕只會引發婚姻問題——多年來她對這段記憶始終難以釋懷，甚至懷疑自己是不是搞錯了，無法分辨現實與夢境，它彷彿曾發生卻又不存在，呈現一種虛幻感，空空的、輕飄飄的，讓人無法掌握。

母親怎麼可能那樣對她，一個十三歲的孩子犯了什麼錯？

現在想起來，也許母親思覺失調的症狀已見端倪，只是那時未能理解。

國中畢業後，陳惠敏便離開了家。離家的念頭早在腦海徘徊許久，她與家庭之間的臍帶早已被剪斷——也許就在母親的巴掌之後，也許還有其他的原因，自己也不想深究。後來她考上北部的學校、半工半讀打工為自己掙生活費，沒再向家裡拿過錢。

五金攤販不知何時收掉了，陳惠敏沒有過問。

除了陳惠敏照的那張照片外，相簿中沒有任何一張父親的照片。

但她繼承了父親攝影的興趣，每當按下快門的那一刻，總感覺時間全翻攪在一塊，無論是過去、現在或者未來。當她拿起相機，許多時刻彷彿回到佛像之前，回到父親將沉重的 Nikon 相機賦予她的那個時刻。

她是否應該誠實面對自己過往的記憶？

如果當時，向外人說出了母親與她之間不堪的記憶，面對母親的指控，是否就能停止自我懷疑——患有思覺失調病症的究竟是母親還是她呢？

「姊，陳志豪說待會會回家。」陳惠馨從門外喊她，她從記憶裡回神。

「什麼，那我需要準備他的晚餐嗎？」

「嗯……應該不用，他說，有重要的事要和我們討論。」

「怎麼了？聽起來不是好消息。」

「哎。」陳惠馨無奈地嘆了一口氣。

「到底是什麼事？」

「陳志豪說，爸在外面真的有女人。」

文物室內，陳惠敏將林界家屬捐贈的照片置於Glassine上，用鉛筆描繪出照片大小，接著剪裁，Glassine透明、具光澤，透過壓光機製造，在壓榨和乾燥後，紙幅經過造紙機末端軋輥，紙纖維沿同方向展平，細緻而光滑。她拿起美工刀、鐵尺，依照鉛筆標示的相片輪廓，切割下大小適合的Glassine，再將透明光亮的紙摺出邊角、折疊、包覆，如薄脆蟬翼輕巧閉攏。

透光紙質被凹折出漂亮弧線，層層相疊、整潔乾淨，像她兒時在學校喜愛的摺紙。

她的手指靈巧且具骨感，極細長，白皙肌膚勾勒出手指關節形狀，手心往內翻，繁複掌紋如星圖，刻畫命運——那是一雙博物館員的雙手，乾淨、並無佩戴任何飾品，短指甲，指甲縫修剪得整齊，確保不會刮傷及損害文物。

最後，她小心翼翼將照片放回Printfile。

她想起曾在書上讀過林界的故事，林界是被槍殺的，槍殺地點在高雄要塞司令部。

林界的家人曾前往要塞前的瓦礫堆中，試圖找尋他的屍身，但是一無所獲，直到後來聽聞山上也有許多人的屍體，他們便花了天價請了軍人協助開挖。

軍人皮膚黝黑，一口黃牙，拿著鐵鏟挖掘，不久後先挖到林界的大拇指，接著是背脊，將土撥開後，才發現林界手腳反綁、面朝下，整個身子裹滿繩索，槍從背後開，屍首腐臭。

陳惠敏，一邊整飭文物，一邊回想故事，林界的故事還有另一個結局，胡錦華喪夫後陷入憂鬱，最終在女兒國小三年級時服毒自殺。林界和妻子的照片編號是B-00082-000-0001-002，她盯著電腦螢幕仔細地比對謄錄。

她還有印象曾在報導上看過林界家屬的故事，林界死時，大女兒林黎影未滿五歲，小女兒林黎彩剛出生不滿一歲，妻子胡錦華獨自撫養姊妹七年後喝濃鹽酸自殺，脖子至胸膛一片漆黑。姊妹成為孤兒、到處流浪，在親戚們歧視的目光下長大，林界留下的財產全被瓜分。

林黎彩在多年後的訪談中，曾經以九二一大地震比喻二二八創傷，震央是受難者和家屬，而餘震至今日仍持續盪漾。

已然破碎的事物該如何修補呢？

面對這個問題，陳惠敏仍然感到無解，無論是面對二二八歷史，或者面對自己的家庭、情感關係，她總覺得自己不斷在各種混亂的時序及環境中，想盡辦法生存下來，想盡辦法補救——她總覺得，自己的人生和這份工作之間，有著一種微妙的牽引關係，故事隱喻著故事、劇情指涉著劇情。

正當她停留在紛擾的思緒裡時，手機震動桌面，她猛地被嚇了一跳，某個此刻的訊號將她抽離而出，她低頭查看：

「音樂會時間出來了，是二二八連假。」

原來是晶傳來的訊息，她看著Line的文字，覺得頭腦有些暈眩。

「要來嗎？」

她盯著手機螢幕發愣。

不知道為什麼有種被晶牢牢抓住的感覺。

明明晶就不在身邊，但有一隻無形的手，將她從黑暗的盡頭撿回來。

她本想即時回覆些什麼，但卻又猶豫起來。

腦袋還停留在過去的故事裡，一瞬間被喚回此刻，承受著某種混亂且失序的後座力。她抬頭張望時鐘，不知不覺一個下午便一溜煙過去，她尚有幾份文物未做最後確認。

先暫時擱著好了，晚點再回覆。她心裡想。

樓下傳來胖子看 YouTube 時發出的笑聲，毫無遮掩，響雷般傳遍整棟大樓，陳惠敏光想像他笑起來時全身贅肉牽連的模樣，便感到怒不可遏，胖子身形肥厚寬大，渾然天成是個擴音箱。

她低聲咕噥一句。

就在她離職前幾日，胖子趁她與靜芬交接的這段混亂時期，將手上志工管理的工作全數推至靜芬崗位。除了典藏維護、實習生管理之外，現在連志工管理也歸靜芬管轄。

她再次將注意力放回手中的文物。

胖子的笑聲再次打斷她的工作。

陳惠敏忍無可忍，胖子的笑聲彷彿不懷好意。

她再也無法忽視胖子對歷史的不聞不問，再也無法忽視胖子對於自身分內職責的懈怠，她憤憤走下樓，手上拿著工作資料，提高音量，見著胖子便開口大罵。胖子剛開始面帶驚訝地回望著陳惠敏，接著漲紅臉，整個人朝她怒吼起來，辦公文件狠狠甩在地上，從辦公室一頭吼到另一頭，指著陳惠敏的鼻頭開罵。幾位志工聽見了辦公室傳來的聲響，連忙走上樓查看，只見陳惠敏閉上眼睛，深吸了一大口氣，面貌平靜但臉頰抽搐。館長從辦公室走出來勸和，他聲音微弱且顫抖，話語輕飄飄，稍微圓了個場便又折回自己的座位。志工們看到這一幕，嘆了口氣搖搖頭又走回展場，胖子宛如現代版的陳儀，館內的志工在背後戲稱他地下館長。

靜芬在一旁瑟瑟發抖，不知該說些什麼。

陳惠敏眼角餘光瞥見靜芬，心裡憂心，她知道文化圈職場環境不好待，不只是紀念館，甚至許多知名的大型博物館內部都有人事問題，薪水又不高，靜芬不知道能否適應這種險惡的辦公室文化，她連想都無法想。

憤怒情緒全被揉雜進陳惠敏的身體裡、無處發洩，她緩慢離開現場，留下仍然口沫橫飛的胖子，離開胖子如機關槍掃射的怒吼，一個人悻悻然地走回庫房，躲回同樣混亂的文物現場，決定平靜度過在二二八紀念館工作的最後幾日。

她所能做的都做了，好好對待了庫房裡的文物與照片，那是二二八受難者家屬僅存的記憶與見證，縱使沒有人看見，但她明白這些文物的價值。她再次坐回座位，腦海出現一個深刻的畫面，一個巨大的齒輪鐘沉於意識之海，鐘面上的指針隨著落海的重力加速度被快速倒轉，馬達進水而未能發出整點報時，時間逆轉回過去，她跟隨失控的時間軸回到一九四七年三月二十三日，慢動作倒退走路，走回高雄印刷廠、走回要塞司令部、走回林界最後被開挖而出的山林。

飛散的黃土堆成丘，連帶墳起的雜草零散疊在土壤上，軍人拿著鏟子奮力向下挖掘、汗水滴落，使土壤成為更深的棕色，臉色蒼白的胡錦華站在陳惠敏身旁，痛哭失聲。不久後，林界的背脊慢慢浮現眼前，背脊高高拱起呈現不自然的彎曲，旁邊還可見著細綁雙手的繩索。接著一股惡臭撲鼻而來，陳惠敏和受難家屬們不知道該不該摀住鼻子，下葬的不是自己的親人，這動作彷彿將他隔絕在外，但那股不斷翻攪而出的氣味令人作嘔，軍人啐了一口痰，繼續死命地往下挖。

而後，林界蒼白的顏面浮現眼前，她不忍心再繼續看下去。

多年後，她仍持續在夢中夢見父親，父親沒有死，父親只是消失。伴隨缺席而來的是周遭不諒解的眼光，沒有人一同去過槍決現場，沒有人明白政治也能殺死人，周遭對於她的認識是「死刑犯的子女」，拒絕與她們往來，彷彿會帶來厄運似，躲得遠遠的連接觸都不敢。彼時，二二八還不是二二八，它未形成歷史共識，受難者的集體記憶也無從擱置，過去的歷史像是飄散在風中活在風中，空蕩蕩的，沒有根，隨時都會不見。

「爸回來了。」

螢幕上出現另一則新的訊息，是陳惠馨傳送來的。

訊息聲再次吸引陳惠敏的注意力。

「……但因為媽之前已經申請過家暴保護令，所以差點又要打電話到警局報警，我和弟弟真的快受不了了，兩個老人家已經夠亂，不想要警察再來把事情越弄越複雜，志豪就跑去門口和爸聊天……他對他坦白一切，說他去找了媽給他的那個地址，那個地址真的住著一個女人，他在鞋架上看見好幾雙疑似爸的鞋。」

「爸於是改口承認，說他年輕時就已經和小三有來往。」

「年輕時和小三有來往？」陳惠敏疑惑地看著手機螢幕，不禁喃喃自語起來，這次她不得不從一九四七年抽離回現在，陳惠馨似乎想再打點什麼，刪節號浮現又消隱，她等著。

但是惠馨並沒有發送訊息。

她閉上眼，往後一倒，整個人靠在旋轉椅椅背上，十分疲憊。

之前回嘉義老家時，她和陳志豪兩人又哄又騙，拐母親去看病——她已經不想管母親有沒有病識感、不想管病人就醫意願，她再也受不了夜半接聽母親的電話。電話另一頭哭聲淒厲，使人厭煩，電話接也不是、不接也不是，至少吃了藥，情緒不會潰堤，但母親死也不肯，出了家門簡直要她的命，像三歲兒童般抓得姊弟兩人手臂紅腫。

母親自殘幾次，血跡腥紅沾染到皮沙發上，她拿著傷口情緒勒索，勒索周邊至愛的家人，消磨彼此，回憶是一抹鮮紅色的印記，她彷彿得確實見到傷口，才能正大光明以此昭告天下誰負了自己。

但現在，他們三姊弟的努力都好似白費，母親說的是真的。

小三是何時出現的？年輕是多年輕？

是在她尚未離家那時嗎？當母親帶著陳家三個子女在夜市叫賣，父親一人批貨、搬貨，在無人覷見之處和別的女人有染？還是在她北上工作之後，家中不知道產生何種變質？

她心中充滿各種疑惑，但身體卻還離不開一九四七年，她一旁放著幾張已整飭好的照片，再仔細核對無酸紙上的編號和電腦上的清冊，一時間頭昏眼花，無法專心工作。

她低下頭來又看了看手機。

停頓好一陣子，他決定先傳訊息給晶：

「可能不去了，你問問其他人。」

「陳惠馨剛剛傳訊息給我，我爸承認他外遇，天啊。」

打了兩行字在Line上，訊息顯示已讀，晶看過訊息但沒有回覆。

陳惠敏喉頭一陣乾澀，她嚥了嚥口水，頭又痛起來，那種無可自拔的罪惡感又再度浮現，她不知道已拒絕過幾次晶的邀約，不清楚多次拒絕是否會對兩人的關係形成傷害。晶是如此熱衷於音樂，每日嘴裡哼的都是古典音樂的旋律，聊天所及也是樂團行政協助的工作內容，她支持她的藝術創作，但她呢？有任何一個時刻在乎過晶嗎？

但此刻，她沒有時間處理自己和晶的關係，尤其現在，真相終於大白。

父親真的有外遇。

她好像更加理解自己的處境、面臨的課題。

如此反推回來，母親真的患有思覺失調嗎？還是真如母親所言，生病的人其實是自己？她再度沉浸到兒時房間，房內只有母親和她，綠色的牆上出現一隻又一隻蝴蝶的影子，空氣中飄著濃濃的藥水味，幾隻蚊子觸碰到捕蚊燈，藍紫色燈光傳來「啪——啪——」的死亡聲響。牆上的蝴蝶緩慢從蛹裡爬出，牠的翅膀剛開始又皺又塌，隨著時間而越來越完整、巨大，牠拍了拍翅膀，此時翅膀已能掀起一陣旋風。而過不久，蝶身又慢慢轉化成他物，蝴蝶的軀殼裡爬出一個人影、背部微駝，人影脫去了巨大蝶身，朝著陳惠敏一步步走來，黑影越來越龐然。

靜芬此時推開門緩慢走進庫房。

陳惠敏從遙遠的過去回過神來，時間如流動的水，撲面沖刷而來，她被擺盪在紊亂的水紋間，整個人頭昏腦脹。脆弱蝶身此時飛快倒轉，從人影逆時序返回最初的蝶蛹，從巨大返回微小、死亡回歸初生，從逐漸將人吞噬的黑暗回到散發著微光的蛹，陳惠敏已分不清幻象與現實，過往的記憶迅雷不及掩耳將她吸入漩渦中，終至無法脫身。

「……謝謝你還特地再跑一趟。」

「沒事沒事，大概差不多弄完了，從現在開始交給你囉。」

「什麼？」

陳惠敏摘下口罩，接著靠近靜芬的耳朵，又再覆述了一次。

「我說，我處理完了，剩下交給你了。」

「……好。」

「你要記得，五月分文化局會先有人來盤點，六月分會有人來更新冷氣設備，然後同事交代的志工管理工作，我也把前同事整理好的檔案夾叫出來放在桌面了，你可以參考。」

「什麼？」

「我把工作都列在便條紙上給你了。」

「……好……好，謝謝。」

她收拾桌面，將拿出核對的文物再次包妥，放回A庫房，接著走出門後脫下白色袍子、手套和口罩，將筆筒內自己的畫筆揀選而出收進袋內，準備正式告別庫房。C庫房中仍有些大型文物零散擺在那，根本來不及攝影記錄、編號、除塵、秤重，文物沒有姓名、沒有身分，它們存在於空間內，但卻無任何屬於它們的位置。無名鬼。前同事所說的話語又浮現於腦海，過去留下的記憶、他人的故事碎片，橫七豎八躺在地板上，表層堆積的灰塵如薄霧。

陳惠敏突然間感傷起來，明明是與她無關之事，但總是用情至深。

她尤其惦記著葛超智書寫的《Formosa: Island Frontier》草稿。

《Formosa: Island Frontier》是珍貴的臺灣史資料，至今卻躺在庫房架上，尚未有人研究出版，也許出版之後，能掀起新的討論也說不定。

有時，當她工作過頭想鬆口氣休息時，她會一人走進A庫房，尋找幾件特別有意思的文物翻看，紀念館沒有更多的經費、人力對文物進行更深入的研究，陳惠敏也並非人文科系出身，只能一點一點讀，土法煉鋼地查找資料，試圖拼湊文件與檔案。

閱讀著架上文物，陳惠敏總靜靜掉眼淚，她對於Printfile檔案夾層內的家屬照片特別有感情，照片大多都是日治時期留下的黑白底片，當時攝影十分昂貴，一般民眾只在特殊節日時前往相館拍照，照片中，人們表情肅穆姿勢僵硬，為了怕身影模糊，因而木訥地看著攝影鏡頭。

二二八事件過後，照片都成為家庭最後身影，死亡之眼中的最後一瞥。

陳惠敏幾乎哭著將它們放回架上，心裡想，還好，它們都還在原來的位置上，還好，他們的家庭記憶有被好好對待，人們負有記憶的責任。

離職後，她也不知道自己該去何方。

她無能再去思考未來了，年近四十，在畫廊工作五年、在紀念館工作三年，不曉得未來工作在哪裡，自己的存款不多，也沒有退休金，正式成為無業遊民。

「盤點是什麼意思？」低頭閱讀便利貼的靜芬問。

「文化局的人五月分會來盤點。」

「什麼？」

「文化局五月分的人會過來，你再把這五本清冊給他們看。」

陳惠敏指著桌上五本又厚又重的清冊，內文是密密麻麻的 Excel 表格，她回想起某次曾在文化局和盤點人員見過面，她是一個女生，人還不錯，先前在市長祕書處工作。

她私下和陳惠敏說，二二八紀念館庫房情況還算普通，市府底下的場館還有更多的爛帳尚未清查，令人頭痛。語畢，她翻了白眼，陳惠敏苦笑著，想起紀念館內的地下館長胖子，紀念館很好嗎？陳惠敏也說不準，她準備離職，但胖子永遠都會在。她想起每次文物從館外借展回庫房，胖子總是隨便將文物扔在桌上，接著不見人影，庫房內的混亂現場便是這樣日積月累堆積而來。

文物的未來該怎麼辦？陳惠敏想都不敢想，她連自己的未來都捉摸不定。

「好我知道了，謝謝你。」

「請保重，後會有期。」

「你也是。」

靜芬背駝，衣著樸素，行動緩慢。前幾次工作交接，陳惠敏打開辦公桌上的電腦，耐心和她交代所有工作細項，從庫房的內部狀況、清冊造冊進度、志工輪班名單、團體導覽預約服務，再到研究人員資料調閱、實習生課程安排……她製作了簡單的excel表格，方便靜芬理解。她刻意放慢說話速度，嘴巴靠近靜芬的耳朵，深怕靜芬聽不懂，只見靜芬垂頭晃腦，勉力將隻字片語塞入戴著助聽器的耳朵，聽進了一些，卻遺漏大半，模樣似懂非懂，不懂的成分居多。館內工作太複雜，再加上陳惠敏這個約聘的職位工作量驚人，靜芬根本無力消化應付，陳惠敏內心深知這點，但她不說破，怕傷了靜芬，也怕傷自己。她只能繼續自我說服，應該會好的，未來應該會很好的。

走出庫房後，她離開了二樓的辦公室，從後門走下樓。

告別了紀念館，告別了庫房，她的未來在何方，誰也不知道。

她這輩子應當不會再回到紀念館庫房工作了，管理記憶的工作太沉重，那沉重不只是歷史記憶的沉重，而是現實社會中的沉重，國家體制結構的沉重，乃至職場關係施加於個人身上的重量，或者是她自己原生家庭帶來的沉重。

她想逃開，離開記憶的召喚和泥淖，庫房中的機密檔案、器物、遺失的畫框和遍尋不到位置的記憶之物，自有它們的命運——但只要想起輕盈、光滑，在日光燈下透出光澤的 Glassine，將人們的記憶、她自己的記憶妥善地包裝、整理，再被博物館人員謹慎的雙手放入庫房架上。她便頓時感覺無論自己、無論他者，皆有家可回。

「音樂會真的不來嗎？」

手機螢幕上出現晶的訊息。

陳惠敏低頭看了看，又再次猶豫了一刻鐘，這次她決定說好。

 # 木笛合奏樂曲音樂聆聽：
傜族舞曲

一九五〇年代劉鐵山與茅沅取材中國西南傜族的長鼓舞，創作出了這首西洋管絃樂曲〈傜族舞曲〉，描繪一場傜族慶典中舞蹈的情景。本曲結構上以迴旋曲式安排三個樂段，引子部分以低音聲部模仿長鼓的節奏，爲慶典揭開序幕。

海邊的房子

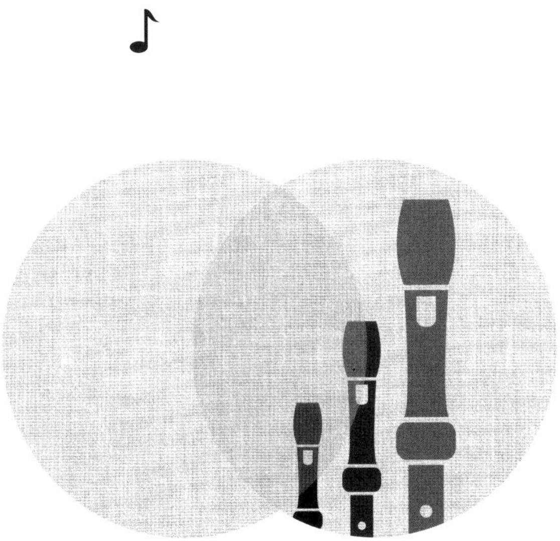

せんせい在海邊有一棟房子。

夏日，當我前往東京拜訪他時，他便讓我住在那棟海邊的房子裡，房內有電熱毯、暖氣機，也有許多防潮箱，裡頭裝著滿滿的樂器。我將從臺灣帶去的伴手禮鳳梨酥放在木桌上，行李堆於牆角，自己的木笛則借放在他的防潮箱內，避免海邊過於潮溼，樂器受潮發霉。

每到下午練習時間，我才從防潮箱內拿出樂器練習。

有時我覺得，我好像從箱子裡領出一小片風。

木笛是風的藝術。是有關氣息變化的藝術。

通常，我會自主練習約莫一個半小時，等待せんせい開車抵達海邊的房子，他的脖

子上總是圍著一條紅色圍巾，滿臉通紅呵著氣走進屋內，倒一杯桌上的熱水喝過之後，便坐下來與我吹二重奏。

我對那條紅色圍巾特別有印象，圍巾是師母親手編織的，她使用了上好的羊毛，看起來非常保暖。冬日陽光映照在緊密排列的方格線上，閃閃發光，在灰色大衣上顯得特別明顯。

せんせい教我吹奏凡艾克。

當木笛吹奏者想要提升自己的獨奏能力時，凡艾克是必練的經典曲集，我與他在海邊的房子一起練習過好幾首凡艾克，每次在練習時，我便想起他曾說過的故事。他說，凡艾克是十七世紀的盲人演奏家，居住於荷蘭，他將上百首大航海時代傳入荷蘭的流行歌，改編為木笛變奏曲集，受到市井小民歡迎。せんせい曾留學於荷蘭，與師母便是在荷蘭結識的，他們都是留學生，因為同是日本人而越走越近，最後回到東京結婚。

他邊說，邊從防潮箱裡拿出一把象牙做的木笛，邊演奏起〈勸酒歌〉。

他的腮幫子高高鼓起，噘起嘴唇，從腹部將氣息運送至笛內，笛聲清亮高亢，使整個房間充滿了陽光般清新的氛圍，聲音讓我想起關於凡艾克的另一個身分，他是烏得勒支大教堂鐘塔裡的鐘琴演奏家，せんせい的笛聲有如鐘琴般清亮，令人著迷。

我模仿著せんせい的吹法，打開我的口腔內空間，讓臉頰充滿彈性，像一顆渾圓的氣球，接著使用不同咬字運舌——如果這麼做，木笛的音色將更加飽滿，更有鬆緊變化，せんせい的吹法承襲自 **Frans Brüggen**，木笛教父，他曾向我提過在荷蘭學習的情景。我們師徒倆便這樣一來一往模仿吹奏，像對著鏡子看照彼此的臉。

練習完後，我們會一起到海邊散步。

帶著煙燻起司和紅酒，走到細軟白沙灘上坐下吹海風。

在我們眼前的是湘南海岸，我時常眺望海洋不說話，想像它如同大魚，反射陽光的波浪如魚身上的鱗片，一閃一滅，一閃一滅，而當大魚翻身，海面便掀起更大的波瀾，我彷彿看到那隻躁動不安的怪魚，像海明威筆下的馬林魚，可敬又高貴。波浪勾勒出了風的形狀，風是無形的，但人們卻能夠透過大自然的蛛絲馬跡看到風的形狀，它如此龐然且具體出現在眼前，讓人心曠神怡，風是如神祇般的存在。

「劉桑，你去過荷蘭嗎？」

「沒有。」

「有空可以去荷蘭走走看，拜訪幾個作曲家。」

「好。」

「我在那邊念書時，認識了許多木笛職業演奏家、作曲家，他們對於木笛獨奏、合奏都有鑽研，如果去拜訪學習，必定能有很多收穫……我和我的太太，也是在荷蘭認識的，現在想起來真是一段美好的日子。」

「嗯。」

せんせい指的太太，也就是師母，其實是せんせい的前妻。

他們已離異許多年。

せんせい沒有特別詳細地提到離婚，只淡淡說明國外和國內的生活非常不同，當他們搬回日本居住後，生活上產生許多摩擦，他心理上不再適應日本保守且拘謹的文化，就像「被迫穿進緊身衣的女人一樣」，勒得他喘不過氣，也開始變得憂鬱。

離婚後，他在海邊買了棟房子。

這棟海邊的房子，常常讓他想起過往的日子。這是一棟裝滿記憶的房子。

せんせい眺望著遠方的海面，眼鏡鏡面上藏進一片小小的、薄薄的海洋，不知道是不是我看錯了，但是好像在鏡面下看見せんせい的眼淚。我轉過頭，繼續望著海平面，太陽漸漸沒入邊際，天空呈現一種奇幻的色彩，混合著紅色、橙色、紫色以及粉色，像幅美麗的水彩畫，裡頭摻雜著被風吹得零亂的白雲，一絲絲紊亂且相互牽絆，那景象極美。

返回臺灣時，せんせい開車送我到羽田機場。

我提著行李，感謝他這段日子的照顧，在航廈與他告別，他對我笑了笑，將脖子上的紅色圍巾取下，套在我的脖子上，對我說：「劉桑，這條圍巾送給你吧。」我有點不好意思，對他笑了笑，不知道該拒絕還是收下。

「請別客氣，收下這份禮物，請替我珍惜這份回憶。」

我望向せんせい，就像每個午後與他相互對鏡模仿練習，在那一瞬間，我已經開始

想念那棟海邊的房子，我相信世界上某些聲音只能在某些地方才能聽見，聲音並非它自己，它屬於空間。而在我腦海裡最美的凡艾克，出現在過往日子的午後，混合著起司及紅酒，以及空氣中鹹鹹的海水味，它如鐘琴似清脆且響亮，一次次迴盪在心裡面，不曾褪去。

孤獨星球

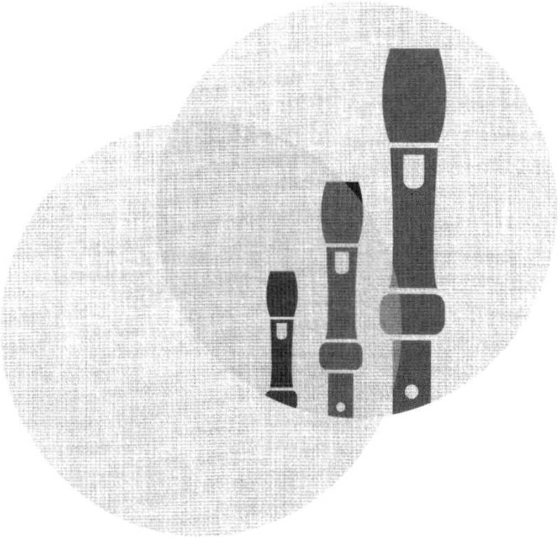

已不知是第幾次，林淑芳陷入自己的孤獨星球。

耳機裡播放著霍爾斯特的《行星組曲》，第四樂章木星。

弦樂器紛雜地開了頭，製造出華麗嬉鬧且多彩的音響效果，接著第一主題出現，打擊樂襯在下方，使得聲響更加雄壯磅礴。林淑芳沉浸在音樂裡，感覺自己此刻搭乘在伽利略號上，穿著太空服，宇宙一片漆黑，出現在眼前的是巨大的木星，太空船航行在大氣層中，望向窗外，南半球的永久性反氣旋風暴格外明顯——那是最著名的大紅斑，風暴內的波浪雲彩巨大且寒冷，兩方強烈氣流衝擊環繞，時而呈現白色，有時則是更深的磚紅色，雲層隨觀看者移動的角度而改變。

聲音漸弱，進入弦樂器的低語，如隕石碎屑懸浮於空。

林淑芳閉起眼睛，緩慢呼吸，太空服頭盔裡沒有任何聲音，只有自己的心跳。

她想著霍爾斯特為樂曲寫下的標題：「歡樂使者」，象徵知識哲學、正面及樂觀思想，熱烈且生機勃勃的一個樂章，如同林淑芳此刻的心情。

這是相隔五年後，她與 Jessica 再次見面。

她端起桌面上的拿鐵，啜飲一口，腦海想著音樂。

相較起霍爾斯特的其他組曲，她還是比較喜歡《行星》，並非因為《行星》比較有名，僅是為了一個簡單的理由——《行星》和 Lonely Planet 旅行聖經同名。

Jessica 還沒出現，可能夫家又有事情耽擱，最終爽約也說不定。

林淑芳深知 Jessica 有她的家庭重擔，不像她，一輩子沒結婚，國小教職退休後回新營老家的碾米工廠繼承家業，工作辛苦但經濟還算寬裕。她能體諒。

退休前，同事總說林淑芳終身為自己而活，寒暑假搭飛機出國玩得不見人影，真令人羨慕。然而，只要他們見著林淑芳在碾米廠工作的模樣，儼然廠長發號施令，粗活也不畏懼，從稻子收割、烘乾、冷藏、去殼、精米、選色，最後洗米、儲存……全程看照，且每逢假日便拿著清掃用具爬進機具中打掃，代替家中長子承接家庭事業，負擔起照護年邁父母的責任，她做事比誰都認真且辛苦，這樣算快活嗎？

桌上的拿鐵剩一半，水滴從杯壁流下。

咖啡店裡的客人來來去去，店門旁的風鈴不時響起。

林淑芳旁邊的座椅上，放著一包特選白米，一包長糯米。

那是準備給Jessica的米，端午節快到了可以綁粽子。

她仰頭張望一會，又再次陷入自己的星球。

耳機裡法國號清亮、沉穩的音響，為樂曲開展出精采悲壯的主旋律——她再次回到了伽利略號，距離此刻七七八億公里的星球上，操縱著控制面板，機艙裡沒有任何人，只有她與十帕壓力的孤獨。

遠方小提琴齊奏，像短暫途經的流星群。

孤獨表面碎石遍布、一片荒蕪，色澤彷彿水彩盤底部剩餘的顏料，舊舊的、髒髒的，彩度低且稀薄，混合著大量的水。

她想起五年前，在機場和 Jessica 分別時，她們各自拉著行李分道揚鑣。

彼此都沒有說話，一陣沉默尷尬蔓延。

過往相處時，氣氛從未如此緊繃，她們曾一同自助旅行近五十次，走遍二十多個國家，因為職業相同，價值觀也近似，兩人總是話題投機、熱絡地聊天。

但這次卻連招呼都沒有就分開了，Jessica 招手叫了車，甩門而去。

林淑芳甚至感到有些惱怒，但沒說，也來不及說。

點開雲端中的樂譜，林淑芳的手指往下將譜拉到 Greatbass 的分部，努力閱讀。她是木笛樂團低音部成員，最近練習的曲目正是霍爾斯特所作，她試著將耳裡聽聞，轉化為自己可實際演奏出來的音樂——想像有助於演奏，木笛要演奏氣勢磅礴的管樂樂器並不容易。

她想像法國號清亮、沉穩的音響。

想像銅管樂的吹奏語法、風格，整體音樂給予聽眾的感覺，轉化腦內的思路，演奏者的肢體和音樂，也會不知不覺改變，便能讓樂器達到理想中的吹奏效果。

Youtube 上頭的第二號是指揮現田茂夫與 N H K 交響樂團的版本。

林淑芳沉浸在音樂裡，邊拿著觸控筆在樂譜上畫記號，模樣專注且認真。

牆上時鐘指向十一點十分，Jessica 還未到。

杯中拿鐵已經見底，桌面留下一圈水漬。

「我愛我的愛人。」

她邊讀著譜，心裡浮現原作民謠的曲名。

Her chains she rattled with her hands,

And thus replied she: I love my love

Because I know my love loves me.

霍爾斯特將民謠改編為第二號第二樂章，是四個樂章中最淒美柔情的片段。歌曲中的少女為愛人而歌，因她明白，愛之所以成立，在於她的愛得到愛人的回應，雖因家人反對而受阻，但少女們皆耐心等待愛人歸來。

〈無言之歌〉首段以旁觀者角度勾勒出少女形象，接著女聲、男聲相互交錯、對話，速度彈性，隨著對話的熱切、緊張度而加快，時而又漸緩，樂曲真正困難的地方就是對話的連接，考驗著聲部之間的默契，名為〈無言之歌〉，便是試圖使用歌聲、言語，訴說關係間無形的愛意，訴說愛情中兩人間若有似無的拉扯、衝突與解決。

我愛我的愛人，因為知道我的愛人正愛著我。

❊

二十六歲時，林淑芳買了人生中第一本《孤獨星球》。

學校下班後，一人抱著《孤獨星球》走回租屋處，書籍封面印著「倫敦」二字，搭配一張樸實無華的照片。那時她正開始學習製作旅行筆記——此後，每每到了寒暑假出國前，她都會將一本厚重的筆記塞入行李箱。

她花費半年以上的時間整理出旅行筆記，筆記本內貼著二、三十本的旅行書內頁，是從旅行書《孤獨星球》剪下的紙頁。她在背後塗上膠水，接著黏上筆記本裡，整本書像一張爆裂的嘴，夾得滿是扉頁，摻雜著花花綠綠的筆記。筆記本裡，住宿資訊佔整本筆記的四分之一，交通資訊四分之一，剩下的二分之一是景點介紹，林淑芳工整的字跡寫得洋洋灑灑，比學校板書寫得還漂亮。

她第一次和 Jessica 旅行的國家是英國。

五年前她和 Jessica 分別前，最後一次旅行的國家也是英國。

她還清楚記得最後一次旅行時，她們轉乘皮卡地利線，在邱園站下車。

入秋，邱園裡的草皮又乾又黃，風大，她穿著防風外套，將帽子罩住頭，眼前望去的座椅皆坐滿遊客，幾隻胖墩墩的鴨子走在草地上。她倆踩上溫室的階梯，圍繞著透明窗櫺繞了一圈，俯瞰著植物室內或高或低的植物，手裡提著吃一半的蛋沙拉三明治、咖啡，看起來心神不寧。

「你真的要和陳桑結婚嗎？」林淑芳問。

「對。」

「和他認識不到三個月？」

「……我知道你的顧慮，身為朋友覺得很感謝，但人生不就是這麼回事嗎？和一個人相愛、結婚、組成家庭，不管認識時間長或短，都是必經過程。」Jessica 邊走邊和她這麼說。

「我只是有點擔心。」

「不需要你的擔心，你先管好自己家裡的事吧。」Jessica 有點惱怒地回答。

林淑芳陷入自己的孤獨星球。

她進入意識的外太空、腦海內核的宇宙，孤獨星球的旅行狀態——那是旅者在旅行的過程中時常會有的感受，明明身在滿是人群之處，但是聽著陌生語言，感受陌生的地理環境，總會錯覺來到陌生的星球。此刻Jessica如同陌生人，被屏蔽在林淑芳的感官之外，明明陪伴在彼此身邊，但卻彷彿戴上太空頭盔，鏡面反照出宇宙的黑暗，深邃又遙遠。

每當這種感覺出現，她腦內總會播放起霍爾斯特作品三十二。太陽系中的七個行星。根據旅行的國家而響起不同樂章，火星、金星、水星、木星、土星、天王星、海王星，她置身其中，七種版本的孤獨。

「他說，會放棄追求音樂夢想，努力工作賺錢——我想相信他。」

「是嗎？」

林淑芳語氣質疑，連看都沒看一眼。

「你真的想清楚了嗎？」

Jessica沒有回答，她們倆陷入沉默。

「我愛他。」她愣眼看她，一時間語氣嚴肅起來。

「什麼是愛呢？」

她搖了搖頭，再次說了聲：「我愛他。」

英國旅行最後一日，她們從威瓦利中央車站返回倫敦，她抓緊最後時刻進入蘇格蘭國家畫廊參觀，Jessica 沒有進場參觀。她曾向林淑芳抱怨，總是看一些無聊的畫、無聊的博物館，不然就是神殿、鬥技場、遺跡……一堆廢墟加破石頭，令人看了直打哈欠，勾不起一絲一毫興趣，但她仍舊耐心在出口等林淑芳。

烈日當空，Jessica 的肌膚被刺得有些疼痛，蘋果肌上浮現些許曬斑，額前細髮被汗水浸溼，緊緊貼在髮際邊緣。一旁的公園稀疏站立幾棵樹，全被行人佔滿，無法乘涼，她只是等。

林淑芳沒有逛太久，一方面時間有限，另一方面心思顧著旅伴。

她看完維納斯從海上升起，便匆匆出了畫廊門口。

維納斯雪白的裸體和胸脯還未進入視覺成像，她看見門外的 Jessica。

她站在遠方，背影纖細，像一抹隨時都可以被擦去的影子，體型輕飄飄，卻又在人群中如此顯眼，紅髮飄逸，充滿浪漫的異國風情。Jessica 稱不上漂亮，但有一種平易近人的特質，膚白、四肢瘦弱，講話語速極快，彷佛充滿活力，但不久後便會氣力耗盡，整個人攤在一旁。

林淑芳和她截然不同，身形壯碩且魁梧，一人扛著十幾公斤行李都不是問題，小時候常常被班上男同學笑男人婆。

同樣身為女人，林淑芳覺得汗顏。

她遠盯著 Jessica 瞧，覺得心事彷佛被掀開。

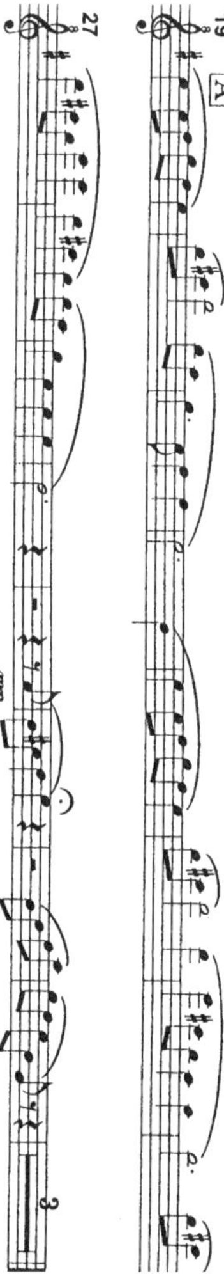

不久後，Jessica 看見林淑芳了，她一張臉被曬得紅通通，展開笑靨，什麼話都沒說，縱使林淑芳知道她心裡必定有怨言——在大太陽下整整站了快四小時，任誰都會想抱怨。但 Jessica 只是笑著，她的沉默有體諒、有理解，有一份林淑芳也說不上來的

情感。

此刻，她忽然覺得孤獨星球有了別人的參與。就在這人生地不熟的異地，外在的熾熱、混亂以及陌生，反而拉近了人與人間無形的距離。她在貝皮可倫坡號上，彷彿看到了同樣和她一起太空旅行的Jessica，她雖穿著太空衣，但她卻能感應到那是她，黑暗的頭盔中央依稀浮現那張細細瘦瘦的臉。

她們眼前是灰色的水星，飛快運轉著，表面充滿大大小小的隕石坑，坑穴之間，時而丘陵起伏，時而為廣泛的平原，部分塌陷之處看起來像月海，但卻又比月球大得多，外部籠罩一層稀薄的大氣層。林淑芳和Jessica牽起手，頭盔裡響起霍爾斯特三十二號第三樂章，弦樂器與吹管樂器奏出快速行進的上下行音階，歡快的急板，充滿戲謔，不久後小提琴開啟了第一主題，接著是雙簧管、長笛……一層一層往上堆疊，由弱漸強，樂聲輕盈且流動。

水星是快速飛行的信使神，四季無變化，一天等於兩年。

在羅馬神話中，信使神身後長一對翅膀，頭戴頭盔，手拿手帳，身子靈巧且速度飛快，它比金星更接近太陽，難以被觀測與察覺。

人們確知水星的存在，卻對它所知非常有限。

「什麼是愛呢？」

Jessica 曾這麼問過。

那句尾音響亮的話語不斷在腦海纏繞。

「什麼是愛呢？」

這時刻，林淑芳心中確實感受到了，胸口一陣溫熱，星系運轉起來。

漆黑透明的宇宙裡，孤獨星球被一瞬間點亮無數星光。

❊

咖啡店牆上時針指向十二點二十五分，Jessica 推門走進。

她四處張望，面容憔悴、頭髮凌亂，看見林淑芳後便一逕地走向她，拉了椅子坐下。身著藕色紗衣，左手無名指戴著結婚戒指，臉上沒有化妝。

連招呼也未打一聲，Jessica見著她頓時卸下所有心防，劈頭一句便叨唸起家務事：「我那該死的前夫……」她又哭又笑，活像喜劇演員，表情豐沛且聲音沙啞，大意是婆婆肚子痛，去醫院檢查時發現腹腔積水，禮拜五要去做更進一步的檢查，她請前夫開車載他們去，沒想到他完全忘記這回事。

「前夫？」

林淑芳心中感到疑惑，但她並未開口詢問，等Jessica說下去。

「……這種事能忘記嗎？那可是他自己的媽媽。」

Jessica嘆口氣，整個身子往椅背一靠，拿起眼前林淑芳的咖啡喝了一口。

林淑芳靠向後椅背，手臂插胸，呈現耐心傾聽的姿態。

她眼角的魚尾紋引起她的注意，Jessica比過往看起來更老了。似乎也更臃腫一些，看來是中年婦女勞動後的肥胖身形，無暇梳化打扮，和五年前削瘦的模樣迥然不同。

「我要抱著婆婆下病床，帶她到廁所裡大號和擦屁股，你知道那有多麻煩嗎，老人家膀胱無力，弄得整個屁股都是，我發現擦不乾淨，只好用水沖，但又怕她站不住，後來索性去幫她買一個便椅。」

Jessica 繞回同樣的話題，林淑芳心思沒有在上頭。

嘴裡仍客氣應著：「我懂、我懂。」

同桌的鄰人起身離開，已換了第二組客人。

桌上空的咖啡杯裡飛來一隻果蠅，停留在杯壁，肢節勾勒著杯緣，一會上一會下，彷彿快掉入殘餘的咖啡液體，卻又掙扎地往上攀爬，過不久便飛走了。

近期，林淑芳也為了政府調整電價而心煩，依照新的公告計算下來，工廠一個月的電費會飆升到二、三十萬，再加上剛又從臺中添購了一臺新的穀物冷藏機，開銷不知會增加多少。她苦惱到不行，但還是得硬著頭皮處理。

過往這些事情都是父母親處理，如今父母都已經七、八十歲了，身體狀況也不是太理想，要接送他們至醫院回診，提醒早、中、晚要記得吃藥盒裡的藥，瑣事忙下來也一樣辛苦。她的抱怨不會比 Jessica 少，不過能抱怨什麼呢？林淑芳的父母過去也如此一路苦上來，她們一家五口住在工廠樓上，父母每天早上五點起床、十二點就寢，家裡電話從未停過，農民們搬著米袋進進出出，找上門就得處理。

身為長女的林淑芳是見證者，甚至自己也接過一次農民的電話，電話那頭的伯伯講著臺語，讓人一句也聽不懂，小學一年級的女孩子拿起桌面的簿子、鉛筆盒裡的簽字筆，吃力用注音符號拼著臺語。

眼淚從她臉頰流下，滴落至國語作業簿。

水珠暈開了原子筆的墨水，粗黑的簽字筆線條越來越潦草。

辦公室的燈沒有開，斜陽從鐵窗縫裡照映入室內，光影裡塵埃浮游，小女生的背脊被光線切割成兩半，一明一暗。

林淑芳不知在碾米廠度過了多少相似的時刻。

之後，她便暗自下定決心，無論如何都要把書念好，不要待在碾米廠工作，如果沒有考上臺北的學校，就只能留在家裡，南部找不到其他工作，這輩子只能當女工務農。這不是她自己所希冀的人生。

Jessica 終於停下來了，說完話之後，她的精力用完了。和過往相同，她背脊往後一靠，捂著臉頰，模樣疲憊。

林淑芳從記憶裡回神，她想，只在這刻沉默的停頓裡，Jessica 才是 Jessica，那個她所熟識的、發洩完所有心中能量，接著累倒在一旁的 Jessica。

聲音彷彿持續在空氣中震盪，沉默是樂譜上的四分休止符，一個小節後又接著一小節，她倆並不對話，但持續演奏著譜上的音符，暫停、休止，無語但肢體必須持續演奏這段沉默。

「我不知道你離婚了。」

遲疑了一會，林淑芳開口詢問，Jessica 骨溜著眼珠子看她。

「兩年前。」她快速回應。

「孩子跟他，房子歸我。」

「為什麼還要顧婆婆，他不是有個妹妹？」

Jessica 微微嘆了一口氣，無奈看她。

「他妹妹顧不來。」

「你就顧得來嗎？」

早在與 Jessica 認識之前，林淑芳和陳桑就相互認識，他吹中音部，林淑芳則是低音部，彼此並無交集。

陳桑是樂團的靈魂人物之一，並不是因為吹奏技巧精湛，而是擁有良好的外交手段，他健談、幽默且風趣，長相雖其貌不揚，皮膚黝黑，但身邊不乏女伴。某次，林淑芳邀 Jessica 來聽音樂會，音樂會結束後，Jessica 至後臺等待林淑芳。她倆正站在那收東西時，陳桑突然從一旁出現，上前向她倆搭話，那是林淑芳唯一一次近距離觀察這個男人，耳鬢黑白毛髮參差，有著半長不短的鬍子，鮮紅色的領結揪住喉頭，一顆喉結上下滑動，看起來不太自在。

演出完慶功宴，陳桑坐主桌，身旁是首席、前方是指揮，晶瑩酒杯裡盛著金黃威士忌，眼前一桌好菜排開：白嫩肥美的古早雞、貝殼盛裝的鳳梨蝦球，還有清蒸鮮魚、沙鍋魚頭、紅燒豆腐，金沙軟殼蟹、東坡肉……陳桑有禮自制地夾菜，美食雖誘人，但更重要的是餐桌社交。

桌上的人們聊著音樂，每首樂曲的表現與詮釋，作曲家的深謀遠慮，或者是演奏者的匠心獨運。話語和話語的縫隙間，陳桑總能適時表達自己的觀點，且同時引人發笑，他耐心且良善地聆聽每位發言者的話語，讓所有人都錯覺被他所眷顧——他是一個這樣的人，低調的社交能手。

樂團所有成員私底下都傳言陳桑與首席交往，有人說，某次在後臺，看見他們單獨走進休息室，關上厚重的絨布門，在裡面待了好一陣子，遲遲沒有出來。也有人說，首席的樂器是陳桑資助的，花了大筆金錢從歐洲運回國內，如果兩人沒有私交，怎麼可能願意做到這種程度。

林淑芳並沒有參與這些話題，原本就不關她的事，何須在意？

直到後來陳桑和 Jessica 開始交往，三個月之後結婚。

「他竟然問我：『你聽過霍爾斯特作品三十二號嗎？』

「我說：『沒有。』

「接著他竟然回我：『那你一輩子都不可能懂我。』

「這是什麼離婚的爛理由？」

Jessica 連環炮似地描述完她和陳桑離婚前的情形，接著翻了一圈白眼，臉全擠出皺紋，對前夫的痛恨全寫在臉上，林淑芳不知該如何回應，端起眼前所剩不多的咖啡喝了一口。

「算了，不想了。」Jessica 嘆了口氣。

眼角的魚尾紋看起來更垂了，整張臉皺起，像一團捏皺的紙球。

林淑芳喝了口咖啡，眼睛瞟了一旁的米袋：「給你的。」

「你真好，出門就出門，還帶了伴手禮。」

「沒什麼，吃吃看。」

「女人比男人可靠。」

她衝著她笑，笑容裡有些不懷好意。

林淑芳想起她的孤獨星球。

✻

書房裡，堆滿著大大小小的孤獨星球，整齊放置在櫃子裡。筆記本封面寫著同國家的名字：義大利、希臘、波蘭、捷克、泰國、印度、馬來西亞……除了貼滿紙頁外，每到一個地點旅行，Jessica 就會協助在筆記本蓋上觀光印章，有些印泥糊了，擦上潔白的紙頁，有些蓋得不清不楚，如浮光掠影。

有時結束工廠的工作，已是深夜，她點起桌前夜燈，就一盞鵝黃色的燈光看筆記本上的印子，如吻，或深或淺鋪滿曾經嶄新而亮白的紙頁——經過旅途磕撞、漫長歲月而導致的氧化，紙頁捲曲而泛黃，她眼淚落了下來，浸溼筆記本。

「是過度疲勞嗎？」她心裡想。

「還是別的原因？」

翻著筆記本，眼淚無法克制地滴落。

此刻她的腦海裡響起第二樂章〈金星〉，愛與美的女神，木管樂器溫潤地開頭，接著長笛加入，上下行音群疊合成穩定且持續前行的和聲，由不協合至協合，逐漸增強，又緩慢收回，彷彿太空船繞了一個角度，看見星球的背面，林淑芳乘坐在上頭，頭戴太空帽，她期待看見新的什麼，新的答案、新的真理，新的對於孤獨星球的詮釋及發現，她感覺自己是一個揹負重要研究任務的探險家，睜大著眼觀看眼前不可思議的一切。

但她希望落空了，什麼都沒有發生，金星仍被厚厚的硫酸雲遮蓋，呈現純白且微黃的形貌，顯得靜謐，小提琴奏出柔美的旋律線條，維納斯從海上升起，她的胸脯雪白，裸身坐於礁岩之上，金色捲髮下垂如瀑布，遠眺四方——金星存在於畫裡、存在於音樂中，它是《行星組曲》裡最和平且沉靜的一章。

「倫敦」的筆記本上，原子筆字跡被淚水浸溼。

林淑芳翻過充滿 Lonely planet 碎片的扉頁，目光停留在筆記本最後一頁，綻開的灰色厚紙板黏著一張飯店房內的便條紙，上面簡單寫著幾個字，林淑芳疼惜地看著字跡，感覺一筆一畫都像一根銳利的針，刺進心臟的動脈和微血管。

離開倫敦的前一天傍晚，她寫好紙條，將它塞入隔壁房 Jessica 的門縫。

她寫了又寫，紙團揉了又揉，內心有太多情緒轉化為文字，但在想到未來可能的結果後，她又就此打住，直到後來她只簡短寫下幾個字，便躺回床上休息。夜晚，她輾轉難眠，隔日就要搭飛機回臺灣了，她們竟然選在這個時間點吵架，她們幾乎沒有吵過架，真正吵架的原因也無法確知，兩人都充滿情緒——也許是因為 Jessica 又向她說起陳桑求婚的事，她真的有點膩煩了，也或許僅僅是因為她們已經互相厭倦彼此，她難得對她發怒，語氣極度不耐煩，晚餐也沒吃就各自回房就寢。

Jessica 和她說，音樂會結束的傍晚，陳桑帶著她至居酒屋吃晚餐，他們聊了一整晚的音樂，包括霍爾斯特作品三十二。

「大部分的人喜歡的都是《行星》。」陳桑喝了一點小酒，滿臉通紅地說。

「但我真正喜歡的是霍爾斯特的《軍樂組曲》。」

「……原來如此。」Jessica 回答。

「〈無言之歌〉嗎？」

陳桑看著她，露出一個讚許的微笑，接著輕輕哼起高音部的旋律，淒美而動人：

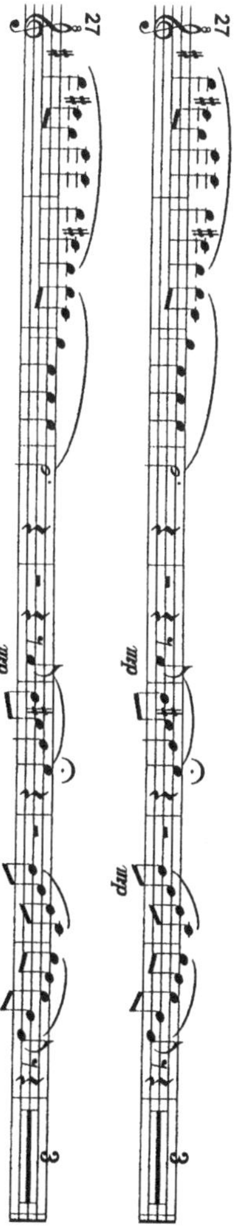

他又點了杯啤酒，Jessica 也醉了。

「……少女為愛人而歌，因為她知道，愛之所以成立，在於她的愛得到愛人的回應

——這是原作民謠的歌詞。」

「你怎麼知道那麼多？」

Jessica 笑而不語。

「Jessica，我想了很久……我想我會放棄追求音樂夢想，努力工作賺錢。」

「喔？」

他驚喜地從手提袋裡拿出鑽戒。

她接受了他的求婚。

夜裡，林淑芳兩隻眼睛睜得大大的，望著房間天花板，她想起自己曾經告訴過Jessica〈無言之歌〉背後的故事，少女為愛人而歌，少女皆耐心等待愛人歸來，少女的愛得到愛人的回應，但她的愛呢？

「你真的要和陳桑結婚嗎？」

「我會和她結婚。」

「和他認識不到三個月？」

「……我知道你的顧慮，身為朋友覺得很感謝，但人生不就是這麼回事嗎？和一個人相愛、結婚、組成家庭，不管認識時間長或短，都是必經過程。」

她的腦海中不斷回放著邱園時的對話。

在機場和 Jessica 分別時，她們各自拉著行李分道揚鑣。

彼此都沒有說話，一陣沉默尷尬蔓延。

直到她走遠後，林淑芳才從行李箱外的夾層上，翻出了一張紙條——那是她前一晚留在 Jessica 房裡的紙條，揉爛過後又被攤得平整。

她拿著紙條，坐在出關口的椅子上，臉色蒼白且絕望。

此刻腦海再也無法響起任何樂音，那是一個荒涼貧脊且絕望的荒地，碎石遍布，空氣中飄散著焦黑的草，一絲絲散落各處。風大且寒冷，她走在漫無邊際的星球表面上，不知道盡頭在何處，她好像再也無法旅行了，宇宙將因其真實而銳利的現實面貌而將旅者囚於孤獨，音樂底下運轉的內核從來都是想像，它徹底虛無且空無一物，林淑芳不過是一個充滿幻想的古典樂愛好者、沉重的演奏者。

她大概再也無法旅行了。

或許再也不購買《孤獨星球》，現在誰還需要《孤獨星球》呢？

❀

Jessica的咖啡在此時上桌，她迫切地喝了起來，口乾舌燥的感覺獲得舒緩，她看著她喝咖啡，想起過往她們也曾好幾次坐在咖啡廳裡休息，咖啡廳是旅人停泊的碼頭，她還記得她不喜歡黑咖啡，喜歡拿鐵。

「要不要哪天再一起去旅行？」

「這樣啊……旅行可是一個大工程。」

「哈，我只是小跟班，不用做事就可以出去玩。」

「沒有啦……不過現在有網路方便多了，以前出國時我都要花許多錢買旅遊書，在那邊剪剪貼貼，你還記得嗎？」

「什麼旅遊書？」

「《孤獨星球》啊，你以前都會幫我在筆記本上蓋印章。」

「噢……對，我想起來了。」

Jessica 又喝了口咖啡，才過沒多久就要把整杯喝完。

林淑芳低頭看了看她座位旁的長糯米，想到今年端午節長糯米的銷量非常差，據說是因為許多人們趁端午節連假出國玩，沒有回家過節吃粽子，導致需求量降低——現代家庭過傳統節日的比例越來越低了，但她自己還是一樣老派，並且有些偏執地相信，端午節必定得包粽子家庭才會和樂。

「你爸媽身體還好嗎？」Jessica 詢問。

「體力越來越差，工作做不動，都仰賴我負責處理工廠的事。」

「你弟呢？」

「他在臺北工作呀。」

「……還是把長女當長子在對待。」

「沒有啦。」

林淑芳低下頭，喝了一口桌面上的水，某方面而言，也不能全怪弟弟，她自己對家中的事業也放不下，像家裡這樣的傳統中小企業產業已逐漸沒落。現代進口食品很方便、小麥製品的食物也越來越多樣，白米的食用人口逐年下降，常常生產過剩——但她仍執意頂下來，不做了，就什麼都沒有了。

有時，她望著工廠屋頂下方的上百隻鳥類發呆，小的時候很討厭鳥類，除了偷吃米之外，還要清潔牠們遺留下的鳥屎，使人厭煩。現在倒有點喜歡牠們，鳥類無法飛入大廠牌的米廠，因為大廠有足夠資金，能購買冷藏設備，不像林淑芳家裡的米，裝在太空包裡平倉保存，因此鳥類進進出出，好不自由。

「有時候我覺得，女人真的好辛苦。」

「每個人都有他辛苦的地方啦。」

「也是。」

她再次看了 Jessica，覺得維持現在這樣的關係挺不錯。

Jessica 這輩子都不會懂得孤獨星球的事，她只不過在筆記本上蓋印章，跟在她身邊周遊列國，她不會懂得在過去那個沒有 Google map 的時代，林淑芳如何隻身在房內預先演練不存在的地圖，心裡一次次沙盤推演，活在虛構的宇宙意識裡，獨自享受那份快樂。她不會懂得那份快樂。

她想起五年前那張紙條。

並且想到她將紙條留在出關口的垃圾桶裡，頭也不回地離開。

 # 木笛合奏樂曲音樂聆聽：
軍樂組曲第二樂章

《軍樂組曲》由古斯塔夫·霍爾斯特所作，他以英格蘭歌謠及舞曲為創作素材，譜寫四個樂章，分別為〈進行曲〉（March）、〈無言之歌〉（Song without Words）、〈鐵匠之歌〉（Song of the Blacksmith）、〈達嘉松幻想曲〉（Fantasia on the Dargason）。

死神與少女

Antje在書房裡緩慢地翻找樂譜。

冬日來了，脊椎內側的肌肉又開始緊繃起來，大腿也變得僵硬，久蹲在地上讓身體更加痠痛，但在未找到樂譜前，她仍舊維持一樣的姿勢翻找，眼鏡滑落至兩側鼻翼，她側著臉用手臂將眼鏡扶正。

樂譜仍舊沒找到。

但卻翻出不少過往的數學筆記，她自己都忘了曾寫過這些。

自從丈夫過世後，就不再熱衷於數學，而開始尋找別的興趣。Antje開始聽起古典音樂，她還記得古典音樂講座上，她聽的第一首樂曲是舒伯特的〈死神與少女〉，四把弦樂器和聲環繞於空間內，令人異常著迷。

邊聽邊掉眼淚。

丈夫死後，她終於流下眼淚。

他沒有留下存款，她只能憑著學校教職的微薄收入，撫養兒子長大，日子過得辛苦。縱使如此，在培養兒子及自己的生活情調上，花錢不手軟，她真心喜歡上古典音樂，並且開始學習樂器。

今年是Antje學習木笛的第四年。

學習樂器的第一年，她曾買過車，但汽車的用途並非僅作為代步，而是為了運載樂器：一把Contrabass。據說，買車那時，她提著Contrabass的黑色大箱子至各個汽車廠，試著將那口棺材一般大小的樂器盒子，放入每臺汽車的後行李廂。

後來，她買了一臺廂型車。

這實在太愚蠢了。

音樂不該佔據她人生比例中如此巨大的份量，更何況，她的工作根本和音樂無關，她可是一名數學老師。數學是沒有情緒的，但音樂有，音樂必須釋放自己的身體，用盡身體所有力量演奏。數學是客觀且精準的數據，但對於音樂而言，更多時候卻傾向主觀詮釋，這兩個領域的學問矛盾且格格不入，但卻巧妙融合於Antje身上。她是一名熱愛古典音樂的數學老師。

她的背脊佝僂，跛了一隻腳，因而往往在演奏時無法順利擺動身體，表現出良好的肢體語言。身體是演奏的一部分。這是所有演奏者都明白的道理，純粹的樂音對於演出戲劇性而言，往往是不夠的。

但她的身體卻像數學。

無法柔軟，且不具音樂性。

兒子已經是十五歲的國中青少年，卻總愛黏著她。

放學後，兒子常常搭公車迷糊搭錯站，經歷一番波折後回到家，見到她便嚎啕大哭，抽抽噎噎無法停止，他的哭聲像女孩子，使她受不了，於是後來買了一把法國號送給兒子，並且告訴他：「想哭的時候不如演奏樂器，會讓心情放鬆不少。」希望藉此能讓兒子更有勇氣。

她找到了。

她．找．到．那．首．樂．曲．了。

塞在櫃子裡太久，樂譜的邊角都泛黃捲起，她幾乎花費整整一個下午尋找兒子的法國號樂譜，這下子，又能讓他靜下心來吹奏。兒子吹奏法國號的時候，躁動不安的身體便會沉靜下來，那對他而言是好事，平常他實在太好動。

兒子的身體擺動時非常自然，線條優雅，大聲地吹著法國號。

相較起木笛，法國號的聲響比它巨大太多，剛開始忍受兒子吹奏的噪音，直到某日開始，他吹奏的旋律更加有模有樣，越來越像電臺播放的樂曲。

不知道丈夫如果還活著，演奏樂曲的模樣是不是和兒子一樣？

在那時刻裡，Antje 想起了那場車禍，想起了自己的跛腳。

哀傷的情緒裡，莫名有種幸福的錯覺。

後記
被消失的首席

五歲的時候，我爸開始教我吹木笛。

常常聽外人說，教職人員不適合當自己孩子的老師，但我爸並沒有在意這種說法，他開始教我吹木笛。教室裡共有兩個學生，我和另一個女生，我聽得出來，那女孩子對音樂並沒有太多熱情，但不知道為什麼，常常因吹不好被趕出教室的人卻是我。

七歲的時候，第一次上舞臺演奏。

身著粉色洋裝，紮著兩個當時最流行的丸子頭，我爸在旁邊使用低音笛吹奏數字低音伴奏。至今我還能背得出《泰勒曼奏鳴曲》的旋律，那曲子印象太深刻，深深烙在腦海無法抹去，長大的過程中，有時我覺得那旋律根本是詛咒——當我心裡這麼感覺時，我知道自己對木笛充滿恨意。

十歲的時候，我在國家音樂廳吹奏《布蘭登堡協奏曲第二號》獨奏。

從那時開始，我被叔叔伯伯阿姨嬸嬸視為音樂天才兒童，和張愛玲不同的是，除了發展我的天才之外，我還得念書（而且十分不幸地我在念書考試方面並沒有太傑出的表現）。「天才」兩個字表面上是讚美，背後卻伴隨更多的注目及壓力，印象中，古典音樂歷史上音樂天才很少有好下場，我也沒什麼好下場。

半推半就好不容易考上前三志願，但成績卻常是班上吊車尾。

那時我想，自己是最失格的那種天才。

十五歲的時候，爸爸成立的樂團請來一位老師教導樂理，她放了幾段旋律，希望我們在作業本上寫下音名，我不曉得這個練習真正的用意，很輕鬆地完成作業，直到轉頭發現其他學生都答不出來，我才知道原來自己具有絕對音感，據說，擁有絕對音感的人聽到聲音便能指出其在琴鍵上的位置——我沒有信心知道音符落於琴鍵的哪個位置，但我有把握，只要聽過一次旋律，便能用木笛將之演奏而出。

我想，我可能還是一個天才吧。

於是，帶著這種不切實際的天才夢，大約十八歲時，家中曾討論是否要將我送出國留學學習木笛。爸爸說，要學木笛就要找最好的老師，要到荷蘭去學習，那時聽到我爸的話，心裡感到開心，但原因並非出於木笛，而是不切實際地覺得自己即將交一個外國男友，嫁給外國人，如果能和一個金髮碧眼的高大荷蘭人結婚，應該可以在國外過上幸福快樂的日子。

這個願望當然沒有實現。

原因很簡單，家裡並沒有太多的存款讓我出國念書，此外，就算出國學音樂回臺灣，未來的工作也不見得比較好找，美好且不需努力的未來並不存在。我也因此開始意識到，不管哪種未來，人們似乎都過得十分辛苦，天下沒有白吃的午餐，這句俗語倒是非常貼切。

因此，我只好繼續當一個內心對自己不那麼有把握的音樂天才。

繼續在樂團裡頭和大家一起演奏、舉辦音樂會。

直到約莫大學時期開始，我成為了樂團內的「首席」。

確切被稱呼「首席」二字，不知道是從誰開始，但總之當我意識過來的時候，就被樂團成員稱呼為首席了。

首席這個職稱，其實和天才一樣，當人們需要你的時候，尊稱您一聲首席，但當人們沒什麼事情要麻煩你的時候，他們便會直呼你的名諱，或是打打鬧鬧和你開開玩笑，因為對大多數人而言，尊敬樂團首席比不上提早訂廉航機票去東京迪士尼玩這件事還重要（事實上，我自己本人也認為後者比較重要）。曾有一段時間，我非常厭惡木笛，覺得自己是樂團工具人，無薪也無酬，只有大量的煩惱和音樂天才兒童必須承擔的責任。於是，帶著這份至今仍殘餘的部分厭惡情緒，我決定在書寫中把「首席」這個身分殺了。

我認為，「首席」這個稱謂根本不存在於我身上，對外我也極少以這個身分發言。

然而，十分矛盾地是，當人們稱呼我「首席」，也許是多年來被奴化的勞動所致，我的身體卻自然而然地動起來，負責起首席應該要做的工作（雖然大多時候是打雜居多）。

這個行動背後具有深意（雖然我認為讓人理解行動背後的意義實在強人所難），比起外人口中有意識「被消失」的首席，至少在文學的領域中，我能主動殺害自己、抹滅身分，像是分裂成兩個人格，將自我解剖，從裡頭掏出可用的成分，再藉由各種不同的手法將之轉換為可歌可泣的故事——如此，天才至少稍微有可看性吧？

除此之外，自己的心頭能稍微感到寬慰，這是書寫帶來的小小愉悅。

當然，提起木笛，除了厭惡的成分之外，也包含許多澎湃的愛慕之情。

仔細觀察木笛，人們將會發現，木笛的外型本身即呈現諸多矛盾性格。

它的表面平滑且簡單，散發木頭光澤吸引人們的注目，但當你真正接觸到它的身軀，卻發現笛身充滿孔洞，孔洞底下流動著黑暗，使人們無法猜透，也難以看清孔洞裡埋藏的祕密。孔洞可以是蘇格拉底洞穴預言中，可視及精神世界的交界之地，也是童話故事中，隱瞞國王長著驢耳朵的樹洞，它充滿隱喻且引人遐想。聲音透過吹氣孔而出現，音樂得仰賴黑暗孔洞方能成立——而聲音與音樂最大的不同，即在於音樂是有邏輯的編織，而非構成繩索的粗麻，音樂是語言而非文字，是畫面而非筆觸。更令人著迷的是，木笛本身的造型即實現了一種悖反概念：「動人的音樂源自千瘡百孔。」當演奏者巧妙移動靈活的手指，時而蓋住孔洞、時而鬆開，他們便奏出完整的大小調音階。

他們操弄黑暗，製造光明，只為了吹奏一首勾人魂魄的樂曲，說好一個打動人心的故事。

《孔洞裡的聲音》篇名取自木笛笛身上的七個孔洞，篇章目錄也照著孔洞的形狀所排列，除了一、二、三、四、五、六、七對應的指法之外，可以發現兩個極短篇，形式上象徵木笛可以發現兩個極短篇，形式上象徵木笛六、七的半音孔。

書中所收錄的短篇故事，與木笛這項樂器一樣，擁有相同的矛盾質地。我希望它們具有某種哲學省思，既破碎又完整、黑暗又光明，最佳的情況是，它呈現出人性如鑽石切面般複雜且多樣的面貌，就像平靜而不起波紋的水面，但水面下卻機關似藏著一層又一層的衝突和掙扎——那可能來自疾病、校園霸凌、死亡、破碎的愛、失去等，時常被人們所屏棄的黑暗面。

人們總為潔白光亮的紙頁，不幸摻雜著令人生厭的汙垢、黑斑而哀悼，但更多時候，但願人們能從黑暗的剖面看見晶亮的光點，如同黑夜裡的繁星，樹洞裡的寶藏。

此外，心思夠細膩的讀者便會發現，故事裡的主角不謀而合地皆設定為女性，並非刻意為之，而是女性們的聲音（故事皆以真實經驗為本），在這些故事裡凹折出紋理繁複且美麗的敘事，她們渴望傾訴，但她們的聲音卻因外在諸多考量而被弱化，如同木笛這項樂器本身的特性，當它獨自唱著獨角戲，聽者總能聽聞其細膩且優雅的一面，但當它和其他樂器被擺放在一塊，尤其銅管樂、弦樂、打擊樂，它卻總是因先天限制被掩蓋。

最後，感謝所有協助這本書籍出版的人們，包括接受我訪談的多位台北木笛合奏團團員、協助校稿的樂團指揮劉永泰、前團長張逢仁，影片協力剪輯師葉咏真，以及為我撰寫序文的師大國文系教授鍾宗憲老師、美女作家兼第一線音樂教師夏夏，掛名推薦的指揮郭焜照老師、演奏家任心皓老師，在我寫作路上大力提攜的臺藝大人文學院院長劉俊裕老師、作家馬翊航老師，以及給予我許多指導的北藝大文學所顧玉玲老師、高翊峰老師。當然還有專業且用心的時報編輯珊珊、佩錦，感謝她們的努力和巧思，賦予《孔洞裡的聲音》更多靈魂。

故事獻給木笛這項古老且美麗的樂器，以及受過傷卻仍綻放的人們。

新人間　四二八

孔洞裡的聲音

作　　者—劉庭妤
副總編輯—羅珊珊
責任編輯—蔡佩錦
校　　對—江淑霞　劉庭妤　蔡佩錦
封面設計—朱疋
內頁設計—SHRTING WU
行銷企劃—林昱豪

總 編 輯—胡金倫
董 事 長—趙政岷
出 版 者—時報文化出版企業股份有限公司
一〇八〇一九臺北市萬華區和平西路三段二四〇號
發行專線—（〇二）二三〇六—六八四二
讀者服務專線—〇八〇〇—二三一—七〇五・（〇二）二三〇四—七一〇三
讀者服務傳真—（〇二）二三〇四—六八五八
郵撥—一九三四四七二四時報文化出版公司
信箱—10899臺北華江橋郵局第九九信箱

時報悅讀網—http://www.readingtimes.com.tw
思潮線臉書—https://www.facebook.com/trendage/
法律顧問—理律法律事務所　陳長文律師、李念祖律師
印　　刷—勁達印刷有限公司
初版一刷—二〇二四年十一月二十二日
定　　價—新臺幣三九〇元

時報文化出版公司成立於一九七五年，
一九九九年股票上櫃公開發行，二〇〇八年脫離中時集團非屬旺中，
以「尊重智慧與創意的文化事業」為信念。

孔洞裡的聲音／劉庭妤作. -- 初版. --
臺北市：時報文化出版企業股份有限公司, 2024.11
272面；14.8x21公分. --（新人間叢書；428）

ISBN 978-626-396-827-1（平裝）

863.57　　　　113014185

ISBN 978-626-396-827-1
Printed in Taiwan